Outrage aux mœurs

ŒUVRES PRINCIPALES

Romans et nouvelles
La cerise
L'hôpital
Bleubite
Cinoche
Les combattants du petit bonheur
Le corbillard de Jules
Le banquet des léopards
La métamorphose des cloportes
Les enfants de chœur
Les sales mômes
Le café du pauvre
L'éducation d'Alphonse
Saint Frédo
Mourir d'enfance

Divers
Manouche se met à table
La fermeture, 13 avril 1946 : la fin des maisons closes
Ma vie pleine de trous (*en collab. avec Daniel Costelle*)
La méthode à Mimile, l'argot sans peine
Les grands criminels
Faits divers et châtiments
L'âge d'or des maisons closes (*en collab. avec Romi*)
Sur le bout de la langue, lexique du vocabulaire amoureux
Le vin quotidien
La nuit de Paris

Alphonse Boudard

Outrage aux mœurs
et autres nouvelles

Texte intégral

Les nouvelles qui composent ce recueil sont extraites de *Les enfants de chœur*,
© Flammarion, 1982

MANDARINE

À mon pote Bobby

À Glacourt, le sanatorium pénitentiaire, on le surnommait Mandarine rapport à son affaire. Un hold-up qui avait mal tourné. Simple erreur de victime... au lieu de l'encaisseur d'une banque, il en avait braqué un autre. Et celui-là, dans sa sacoche, n'avait qu'un sandwich et trois mandarines. Dans la presse ça lui avait valu des gros titres ironiques et aux assises son avocat avait eu beau plaider les mandarines, les jurés n'avaient retenu que le coup de crosse sur la tête de la victime, ses deux complices en cavale qu'il n'avait pas voulu dénoncer et puis son passé... son lourd passé judiciaire... les maisons de redressement dès l'âge de treize ans... Montesson, Amiane, Eysses... Belle-Île-en-Mer... hauts lieux de ce qu'on appelait alors *la vingt-et-une*... huit piges de bagne pour un vélo volé ! Ensuite ça enchaîne, le cas exact de le dire, sur la prison maritime de Calvi. Cette fois pour coups et blessures à un supérieur, un quartier-maître, pendant son service à la Royale. Redevenu civil, c'est l'engrenage, les vols avec ou sans effraction, de jour comme de nuit, et les flics au bout du fossé... encore quatre pigettes en centrale ! Ça faisait la botte, le lourd paxon, le papelard fadé... la lecture à haute voix devant messieurs les jurés. Aux assises, même à Paris où *il n'est bon bec que de...*, paraît-il, ... après la Libération, ça sonnait tout de même sévère... on y aimait pas excessif tout ce qui concernait les atteintes à la sainte propriété. Il s'était récolté au final vingt ans, Jean-Marie Le Houdic, dit Mandarine... de travaux forcés !

Je l'apercevais qu'à la messe à Glacourt. Il faisait l'enfant de chœur avec quelques autres lascars de haute criminalité dont je parlerai ailleurs. Ça s'appelait, leur truc, *battre les mystiques*. Battre les dingues c'est simuler la folie pour se faire atténuer la responsabilité devant les tribunaux. Battre les mystiques c'est jouer à fond la carte de la religion. Faire croire qu'on a rencontré Dieu, qu'on est plein de repentir, qu'on accepte le châtiment comme une pénitence du ciel. Faut se farcir alors la Bible, le catéchisme, se taper toutes les messes, communier, prier, baisser les yeux... doux et humble de cœur... ça finit par vous valoir un jour une grâce, une remise de peine appuyée par l'aumônerie des prisons. Aujourd'hui je ne suis plus du tout certain que la recette soit bonne... les curetons, avec leur nouvelle marotte d'être à l'avant-garde, ils ne veulent plus du tout de pénitents. Les remords sont passés de mode. Pour bien suivre ma petite histoire, il faut se replacer dans le contexte d'une Église dure et pure, ensoutanée, quêteuse, protectrice des pucelages, latinisée jusqu'au troufignon du bedeau.

Mandarine battait donc les mystiques avec ardeur. Ça étonnait de la part d'un ancien du bagne de Calvi, un tatoué de la tête aux pieds... une sorte de caïd comme on n'en fait plus... la tronche carrée, des petits yeux bleus perçants, la mâchoire inférieure proéminente, les paluches à vous étrangler le promeneur solitaire attardé le soir dans les ruelles du vieux quartier à Brest au temps d'avant-guerre... de la rue de Siam chère à Mac Orlan.

En centrouse à Clairvaux, il était devenu tubard. Ça arrivait plus souvent... le régime, alors, jockey... des ragougnasses infâmes de choux, de navets... une fois par semaine un bout de barbaque qu'on n'oserait pas jeter à nos clébards de Canigou... presque jamais de sucre... une insuffisance calorique constante. Là-dessus le froid des longs hivers dans les dortoirs humides comme les soutes d'une galère. Ceux que les B.K. dédaignaient c'était des natures tout à fait spéciales.

Mandarine, à Glacourt, s'était fait mettre à l'isolement... en cellule tout seul au bâtiment 1. On lui avait accordé ça comme une faveur... l'aumônier était intervenu, prétendait-on. Il parlait à peine, Mandarine, juste bonjour bonsoir. On ne le rencontrait plus qu'à la messe où nous allions pour tuer le temps... retrouver les potes des autres bâtiments. On le gaffait pendant sa promenade au loin derrière les barbelés. Il marchait en égrenant un gros chapelet.

– Il pousse un peu, cézig... parole, il a becté du crucifix, disait Ménilmuche, mon voisin de chambrée, un vieux voyou à la jactance royale d'argot comme on en entend plus lerche, hélas ! Un vrai poète en constante invention verbale.

Je l'avais oublié comme tant d'autres ce Mandarine... j'essayais de me refaire la cerise... débarrasser mes éponges de tenaces bacilles, en liberté conditionnelle dans un sana libre en Touraine. Surtout je me faisais oublier, je me voulais le plus discret possible. J'étais à mes écritures dans ma piaule la plupart du temps... mes *Cloportes* que je corrigeais minutieux... je remontais une pente ardue. Cinq sacs anciens par mois pour mes menus plaisirs, mes distractions. Avec ça, même en 1961, on s'offrait pas des plaisirs sardanapalesques une fois payés les savonnettes, les tubes dentifrice... mes blocs pour écrire, mes timbres et mes petites pointes Bic. J'attendais mon tour pour passer sur le billard me faire scier quelques côtelettes par un certain professeur Sylvestre. Je vous résume et j'étais assez heureux en somme, libre ou presque, tendu comme un arc, dépouillé de tout... les préjugés, mes idéaux, les mangeailles, les gadgets ! Il m'avait fallu des tas d'épreuves pour en arriver à cette sorte d'ascétisme... les années au gnouf, la maladie, les trahisons, l'opprobre de la magistrature assise et debout et rampante, il va sans dire ! Me réhabiliter ?... non pas... que foutre de retrouver mes droits d'électeur ! C'était bien autre chose dont il s'agissait... un combat de tous les instants avec moi-même.

Au château des Larsangières transformé par la fée Sécurité sociale en sanatorium, les petits copains c'était la plupart des prolétaires comme dans tous les sanas que j'avais fréquentés depuis les débuts de ma tubardise. À ce moment, avec le dépistage obligatoire même dans les entreprises agricoles, on s'apercevait que les B.K. attaquaient aussi bien les plouques que les citadins. Depuis deux trois ans arrivaient en phtisiologie même des ruraux... les joyeux drilles de la betterave... les journaliers polacks, espingouins, ratons... nos petits gars du terroir aussi bien sûr... les vrais de vrais qui roulent les *r* et les cigarettes... les alcoolos hérédo téteurs de calva depuis leur premier biberon. Intérêt alors à se retrouver dans une chambre individuelle. Mes frères humains, je les préfère séparés par des murs épais... que j'entende le plus en sourdine possible leurs radios, leurs rixes, leurs flatulences... tous les éclats de leur joie de vivre.

Le médecin-chef, je lui avais expliqué mon cas, il savait d'où je lui parvenais. Un homme, on peut dire compréhensif, ce docteur Leroux... très vite j'avais eu ma planque... une carrée nue aux murs blancs, la fenêtre face au parc, les arbres de la forêt au loin dans ma perspective. Je pouvais écrire toute la journée. Jamais depuis je n'ai tant marné, je crois. Ça pouvait beugler tout autour les poivrades... leurs divertissements radiophoniques me parvenaient amortis. Je m'offrais des lectures de professeur... Tolstoï, Tchekhov... Machiavel, Balzac, Montesquieu... les classiques que je ne cessais de découvrir et puis aussi quelques auteurs oubliés parce que la postérité n'est pas plus juste que les critiques du temps présent.

Dans le lot des phtisiques du castel, j'avais repéré, flairé, reconnu rien qu'à l'oreille quelques ex-pensionnaires de derrière les hauts murs. Une expression, un mot d'argot, une certaine façon de réagir… catalogué le gus ! À éviter pour toutes les raisons possibles. Le malfrat attire le malfrat et plusieurs malfrats, affiché que ça vous aimante les argousins… toutes les espèces : les en civil et les pandores… les vrais limiers, les chaussettes à clous d'opérette… les petits et gros indics. La méfiance, ma mère adoptive. Tout le temps me la donner, être en quart… me garder des fréquentations, les oiseuses comme les mauvaises. Ça me faisait dans l'établissement une réputation détestable d'ours, de bêcheur, d'affreux misanthrope ! Le meilleur moyen d'être peinard… être haï sans raison valable. Je me baladais seul dans le parc pendant l'heure d'intercure, par tous les temps… je réfléchissais à des choses qu'on dit sérieuses… le pourquoi du comment… qui suis-je ? où vais-je ?… de quoi se mettre en définitive la rate au court-bouillon.

Ainsi je tombe sur Mandarine, au cours d'une gambergerie solitaire. L'inattendu… une silhouette d'abord, un type trapu avec un carton à dessin… qui fait des croquis d'arbres, d'oiseaux… que sais-je ! Rien d'extraordinaire, dans le sana tout de même nous parviennent, de temps en temps, des petits poètes, des novices de la barbouille… ce n'est pas rempli exclusivement d'agricoles pithécanthropes, de bovidés champions de jinjin !

Je dépasse donc cet homme aux croquis… surtout pas m'immiscer, balancer un œil par-dessus son épaule. Les vrais artistes ça les incommode plutôt qu'on vienne les zyeuter pendant l'ouvrage. Ça se passe, cette scène, sur un chemin qui monte, qui longe un petit bois, qui fait un coude. C'est un gros chêne dans le milieu d'une prairie qui intéresse mon dessinateur. Il s'est assis sur un tronc d'arbre. Je me fais la remarque qu'il fait pas si chaud ce jour-là pour rester comme ça immobile. D'où il est placé, cet artiste, je vais le contourner et fatal je vais voir sa frime après le virage. Comme je ne m'attends pas… à cent lieues… à retrouver Mandarine, un crayon à la main en train de croquer un chêne, je reste un instant perplexe ! Déjà vu ce zèbre, ça je suis certain. Il a levé un peu la tête lorsque je suis arrivé presque devant lui... à même pas trois mètres et nos regards se sont croisés. D'habitude, au sana, les pensionnaires se balancent des petits bonjours... « Salut, papa ! alors ça boume ? » des amabilités passe-partout. Nous, on s'est juste borgnotés rapidos. Il a un vieux bada sur la tronche, un chapeau mou d'une couleur incertaine entre le gris et le noir... ça vous change une physionomie une coiffure, on a beau dire. Il me faut bien cinquante, cent mètres de marche, à me creuser les méninges avant de le loger. Tout de même... sous ce bitos !... cette frime décisive de voyou... le nez légèrement de pugiliste... ses yeux enfoncés... la façon furtive dont il m'a frimé. Ça m'a aidé dans mes investigations... j'avais vu cézig très certainement au cours de mes pérégrinations dans les oubliettes. Un tubard, c'était donc très probable à Glacourt. Par élimination j'en suis parvenu à Mandarine... c'était tout de même une sorte de vedette de la pègre... un presque cador. Je l'avais bien photographié à la messe tandis qu'il faisait les répons à l'officiant... en latin...

Ad Deum qui laetificat juventutem meam...
qu'il secouait vigoureux la clochette à l'Offertoire. Nulle gourance, c'était bel et bien le braqueur pour un casse-croûte devenu artiste dessinateur d'arbres... le nouvel avatar du malfrat ! De son côté sans doute il gambergeait pour me situer. S'il avait l'œil et le bon pour détecter autour de lui amis ou ennemis... les possibles perturbateurs de sa quiétude relative !

Qu'il aboutisse ici... rien de très surprenant. Me revenait qu'il avait quitté Glacourt bien avant moi... qu'on le voyait plus aux messes et aux promenades les derniers temps. Le bruit courait qu'il avait obtenu sa conditionnelle pour entrer dans un monastère... soi-disant qu'il avait la vocation d'y finir ses jours. Ce que m'avait dit Excellence, un autre arsouille de haute volée qui s'exerçait avec art dans le même cinoche mystique. Je me rappelais à présent... ça lui avait regonflé le moral à Excellence. Il espérait bien lui aussi obtenir une libération anticipée pour entrer dans un couvent. Ça demanderait peut-être un peu plus de temps, Excellence était un ancien condamné à perpète... il avait tout de même quelques cadavres à son palmarès ! Beau battre les mystiques, le courant était plus difficile à remonter !

Maintenant que je l'avais retapissé, Mandarine, je me demandais s'il était convenable, bienséant d'aller lui jacter, l'attaquer à la bonne franquette : « Salut, Jean-Marie ! » Sans doute il était comme moi, désireux de rester là le plus incognito possible. Peut-être aussi qu'on avait rien à se dire... qu'il valait mieux faire semblant de ne s'être jamais rencontrés nulle part.

Ç'a été d'abord sa politique. On s'est recroisés à nouveau au réfectoire, à la salle de télévision, je ne me souviens plus exact... il m'a lancé un regard tranchant qui me signifiait sans ambages de garder tout à fait mes distances, que c'était inutile que je lui fasse des agaceries truandesques. D'une certaine façon, je vous ai dit, ça m'arrangeait... je lui ai tout de même fait un petit geste amical de la main comme pour lui souhaiter bonne chance ! Après dix ou onze ans de placard, il méritait de se refaire une existence neuve. Tout le cirque religieux qu'il avait dû faire pour s'arracher, ce n'était pas à la portée du premier cavestron venu, fallait reconnaître.

Du temps passa... une fin de printemps, tout un été, puis un automne... le début d'un hiver où j'allai me faire scier une demi-douzaine de côtes à Paris... deux séances chirurgicales aux suites plutôt douloureuses. Après ça fallait que j'attende encore quelques mois au sanatorium les résultats de cette thoraco, voir si je crachais plus de bacilles, si je me rebectais vraiment les poumons. Tout ça me paraissait sans fin, mais cette fois j'entrevoyais un peu le bout du tunnel. Aux éditions Tartemplon ils avaient accepté le manuscrit de mes *Cloportes*. Pendant mes festivités chirurgicales, à l'hôpital Marie-Lannelongue, entre deux temps de thoraco, une noble dame de la maison s'était pointée spécial pour m'annoncer la bonne nouvelle.

– Mon cher enfant, nous publions votre ouvrage.

Une baronne très authentique prénommée, s'il vous plaît, Isaure Sigismonde... envisonnée, endiamantée aux oreilles, aux doigts, au col... la distinction aux babouines... cornaquée d'un dandy fluet mi-tantouse mi-gigolpince... Léonard Fraisier, le directeur littéraire, qui n'arrêtait pas de me couvrir d'éloges, de chauds compliments... que ça me changeait un peu des humiliations de la magistrature.

À mon retour au château des Larsangières, Mandarine était toujours là. En dehors de ses petites séances de dessin en plein air après la cure de silence, il ne sortait pas lerche, il ne se mêlait de rien, jactait à personne à table. Jugé encore plus ours, plus butor que moi. Il m'évitait le plus souvent, s'arrangeait pour qu'on ne se croise pas. À ses fringues, je me rendais compte qu'il brillait pas lerche... une vieille canadienne râpée quand il sortait... un chandail tout reprisé sur une cotte bleue de mécano. À se demander s'il avait d'autres harnais, je le voyais toujours comme ça avec de grosses pompes dans les pieds... des espadrilles quand il faisait beau.

C'est le docteur Leroux qui nous a mis en relations. Il m'a convoqué un matin dans son bureau. Je l'avais mis bien sûr au courant de la parution prochaine de mon bouquin... histoire un peu de le rassurer : je savais qu'on lui avait envoyé de la place Vendôme un petit rapport de mise en garde sur mon matricule... *Individu à surveiller...* des gracieusetés de ce genre ! Un livre, ça en jetait encore il y a une vingtaine d'années... à présent, n'est-ce pas, c'est moins prestigieux, n'importe quelle minette partouzeuse éprouve le besoin d'en tartiner un roman qu'on publie à grand renfort de dithyrambes, surtout si la donzelle est fille de ministre, nièce d'archevêque... le cœur et le trou du cul à gauche... le yacht et la Porsche à droite !

– Vous avez ici un camarade comme vous... voyez ce que je veux dire...

Certainement ! Mandarine n'était pas seul, je vous ai dit, dans l'établissement à avoir becté les flagdas de la Pénitentiaire, mais les autres me semblaient, comparés à césarin, de menus sacripants, vauriens de barrière, julots café-crème, filous de gouttière. De la façon dont il m'explique, le docteur Leroux, j'entrave tout de suite qu'il s'agit d'un forban de plus gros calibre... voilà, il s'exerce dans un certain sens comme moi dans une voie artistique, mais lui il peint... il dessine. Je commence à cerner le personnage.

– Vous pourriez peut-être l'aider un peu... Je ne sais pas, de vos conseils. Il est dans une situation difficile... à tous points de vue.

Il m'explique. On l'a opéré l'an dernier avant qu'il n'arrive ici. Une spéléotomie qui nécessite tous les jours des mèches dans la plaie, des pansements délicats.

– Il est très courageux, ce garçon, mais ça ne suffit pas toujours...

Frappé au coin du bon sens ce qu'il me dit là, le docteur Leroux. Pour s'en sortir avec le pinceau, la plume ou la flûte, il faut un minimum de chance et en outre quelques dons. Certes, tout le mérite c'est de les cultiver, ne pas les laisser en friche... seulement lorsque le terrain n'est pas favorable... beau l'emblaver, il ne pousse que chétives récoltes étouffées d'herbes folles.

Mandarine, question barbouille et petits croquis, à défaut de savoir-faire il n'avait même plus les grâces de la naïveté enfantine. Il s'efforçait au *beau* selon les critères du calendrier des postes... Des chats, des chiens, des portraits, des couchers de soleil... il aquarellait. Des croûtes à peine fourgables à très bas prix au fin fond des cambrousses les plus arriérées.

Il m'a fait voir toutes ses œuvres avec fierté. Dans sa piaule, au troisième étage du château. Je m'y revois encore... ma gêne... que dire ?... Bien sûr, quelques pieux compliments, je ne pouvais pas le décourager, c'eût été trop cruel.

– Des années que je m'exerce, tu m'entraves un peu ?

Il avait la voix cassée, un peu rogomme. Tout à coup il dévidait, il jactait n'en plus finir. Trop longtemps il était resté silencieux, alors il ouvrait les vannes, il me racontait tout.

– Je te jacte à toi, je te fais confiance puisque le toubib m'a dit...

... que j'allais publier un bouquin, donc que je m'arrachais de l'ornière. Les malfrats, il en avait au-delà des naseaux ! Surtout les alevins qui traînaient ici. Ça lui avait valu que les pires avaros, ce genre de gonzes. Il y revenait... vingt piges de durs pour trois mandarines. Je connaissais l'histoire, mais de seconde voix. Il a tenu à me donner la version exacte... que j'aille pas me figurer n'importe quoi.

– L'autre encaisseur, c'était dix briques qu'il transportait ce jour-là dans sa sacoche, tu m'entraves un peu ?

C'était son expression... « Tu m'entraves un peu ? »... il ponctuait de la sorte. Cette sacoche avec dix millions, il y repensait, des sanglots longs au fond de la gorge. Preuve que sa contrition à la Sainte Mère l'Église n'était pas tout à fait sans restriction.

Aux assises de la Seine il en avait été fortement question de ces dix briques... n'est-ce pas... l'enfifré substitut dans son réquisitoire, pour l'enfoncer davantage, démontrer que ce hold-up de la rue du Faubourg-Montmartre était sérieusement prémédité. Et puis il était seul dans le box... on n'avait pas retrouvé ses hommes de barre... celui qui était au volant de la traction avant et l'autre, le petit brun qui avait frappé l'encaisseur d'un coup de crosse de pistolet. Mandarine avait morflé pour le trio. Histoire classique. Ça faisait treize piges qu'ils s'étaient évaporés, les joyeux complices, dans la nature !

– Y a que les montagnes qui se trouvent jamais.

Ce qu'il grognait entre ses dents.

Tout de même, je lui ai glissé une remarque à propos de ce fameux pardon des offenses prêché par le Christ dans l'Évangile... histoire de le faire réagir. On était partis se balader dans le parc, lui avec son chapeau, moi avec ma deffe. Il s'est arrêté, m'a regardé droit dans les châsses... bien me faire savourer le solennel de ce qu'il allait me bonir.

– Alphonse... faut pas confondre les offenses et les enculeries.

L'adage... à bien se cloquer dans le ciboulot. Une façon, finalement un peu jésuitique, d'accommoder les commandements de Dieu. Pourtant c'était chez les Carmes déchaussés qu'il avait abouti à sa décarrade du ballon. Un petit stage de quelques mois qui lui laissait pas un si bon souvenir. On l'avait admis en période de postulat comme une sorte de frère convers. On l'employait dans le monastère pour les gros travaux, balayer, vider les ordures... la maçonnerie... reblanchir les murs à la chaux. Son intrusion parmi ces religieux cloîtrés, ça les avait perturbés. Un ancien bagnard, tout tatoué... ses allures un peu chaloupées de vieux mataf !

– Ils en croquaient tous plus ou moins, tu m'entraves un peu ?

Même le Supérieur qui le dévisageait d'une drôle de façon, qui lui prenait le bras, la main trop affectueusement.

– Mon fils...

Partout dans les couloirs, à la chapelle, ce n'était que des frôlements de soutane... des sourires ambigus suivis de paupières qui se baissaient sur son passage. Tout son séjour dans ces saints lieux, il m'affirmait qu'il avait dû résister à la tentation de calcer le moinillon. Faire bien gaffe tout de même, au milieu de ces fiottes...

– C'est pas mon genre, mais en admettant que je m'en farcisse un, automatiquement je faisais des jaloux qui caftaient au Père Supérieur et je me retrouvais balluchonné à Glacourt, tu m'entraves un peu ?

On va se demander pourquoi un flibustier style Mandarine n'avait pas profité de la relative liberté dont il jouissait dans ce couvent pour se faire la malle... se mettre en rupture de ban. Je vous rappelle qu'il traînait une sale tubardise et qu'en outre il voulait patienter afin d'être tout à fait en règle, libre de circuler, d'agir sans avoir tout le temps les flics en menace au saut du lit.

En tout cas, c'était du pur stoïcisme son séjour chez les Carmes déchaussés. En dehors des pièges de la brioche infernale, il y avait la Règle... les offices dès le lever du jour... tout bout de champ en oraison. S'il en avait chanté des psaumes et des cantiques. Il arrivait plus à se les sortir de la cafetière... ça lui remontait le matin en se rasant.

– Comme quand t'as becté du hareng, tu m'entraves un peu ?... Tu veux que je te chante le *Salve Regina* ! le *Veni Creator* ! le *Kyrie, eleison* ! Je les connais tous !

> *Tantum ergo Sacramentum*
> *Veneremur cernui*
> *Et antiquum documentum.*

Comme ça, dans l'allée, il se met à me brailler :

> *Novo cedat ritui.*

D'une voix stentor mêlé-casse. On est dans le sous-bois... les petits potes biturins ruraux se promènent eux aussi. Ils vont voir les biches, c'est leur prétexte pour aller chercher les litrons qu'ils planquent derrière les statues. Le château des Larsangières est du XVIIIe... le parc... un enchantement avec son temple de Diane... les stèles, les divinités antiques sur leur socle à tous les carrefours.

> *Praestet fides supplementum*
> *Sensuum defectui !*

Merde ! Ça ne loupe pas, une tierce de poivrots qui débouche. Pas très rassurés, les cons, de ce cantique hurlé à tue-tête. Ils trimballent des sacs à patates pleins de bouteilles de rouge... des betteraves, ils appellent ça dans leur jargon. Ce qu'ils vont ragoter encore sur nous avec ce cantique... je me le demande ? Déjà, je vous ai dit qu'on a mauvaise presse ! La règle d'or en collectivité... ne jamais surprendre les autres par la tenue, les propos, la démarche.

– J'en dégueule, moi, des cantiques ! Certains jours je pouvais plus me respirer... je puais l'encens ! Tu peux pas savoir, l'encens, ce que ça t'imprègne... j'avais tout le temps mal au crâne !

Il se défoule... des années qu'il avait envie de faire sauter le verrou... toute la cabane ! Depuis sept ans qu'il a battu... joué les nitouches... s'est confessé... communié à toutes les messes ! Et puis les vêpres... le Salut du saint sacrement ! Les litanies à la Vierge Marie ! Tout le bastringue ! On imagine difficile ce que ça peut être pour un ruffian comme cézig... rescapé de Calvi avec ses points bleus tatoués au coin des yeux, de se plier à cette discipline de cureton.

– L'idée t'est venue comment de battre les mystiques ?

Ça m'intriguait, ce n'est tout de même pas à la portée du premier venu. Il m'éclaire limpide. Son enfance bretonne, près de Brest à Landévennec. Dès leur plus jeune âge les mômes étaient pris en pogne par le recteur. En ce temps-là c'était le caïd, le recteur, dans un bled, le plus souvent un tyranneau qui rançonnait les misérables... les tenait à merci... les espionnait jusque dans leur lit-armoire conjugal. Obligation pour le petit Jean-Marie de servir la messe, surtout que son dab était mort en mer... fallait prier pour le salut de son âme ! Un marin pêcheur, le papa... métier de chien avant la guerre 39. De son enfance, Mandarine avait retenu suffisamment de latin et de catéchisme pour faire son numéro de voyou repenti auprès de l'aumônier de la centrale de Poissy où il accomplissait sa peine. Le *Mea culpa*... un beau matin... et ensuite pendant sept piges cette mascarade, cette lutte de chaque instant pour donner le change. Même à ses meilleurs potes, toujours tenir le même langage un peu doucereux de la contrition, de la charité chrétienne... en prière sans arrêt, le rosaire... les salutations angéliques ! Je connaissais un peu le cinoche, dans mon dortoir à Glacourt j'avais pu admirer Excellence qui pratiquait le même exercice de haute voltige spirituelle avec un art consommé. Sans doute plus comédien doué que Mandarine qui n'en avait que plus de mérite à pigeonner son monde.

– Heureusement que j'ai fait une hémoptysie... sinon je crois que je serais devenu totalement dingue dans ce monastère à la con !

Un jour qu'il repeignait le plafond de la chapelle... flac ! les caillots de sang qui lui remontent... Transporté d'urgence à l'hosto, sauvé, opéré, et ensuite ici où il était tombé, un peu de chance enfin, sur ce docteur Leroux, à la fois bien disposé à l'égard des anciens détenus et anticlérical farouche. Mandarine lui avait raconté sa vie pleine de trous. Plus question pour lui désormais de retourner chez les Carmes y finir son noviciat. Il lui suffisait de poursuivre ses soins au sana et ensuite il serait libre définitif. Avec toutefois cette restriction qu'il avait dix piges de trique. Pas le droit de résider à Paris ni dans les grandes villes.

– Pour ça que si je pouvais fourguer mes toiles ou mes dessins, ça serait la meilleure solution...

Là, ce cador, farouche malfrat expérimenté de tous les coups du sort, il faisait preuve de la plus excessive naïveté ! Il se demandait s'il ne pourrait pas illustrer des jaquettes de livres, monter une exposition de ses toiles ? Comment le décevoir, le dessiller... l'affranchir des très réelles difficultés que rencontrent même les vrais professionnels ?

Depuis cette époque ça a poussé pas mal les vocations artistiques parmi les rescapés de la ratière... tous ceux qui se berlurent avec quelques petites aquarelles, quelques poèmes... quelques cahiers remplis de souvenirs écrits au fil de la pointe Bic ! Surtout après le succès faramineux de Papillon. Ça rêvasse dur de ce côté-là outre-barreaux ! La plupart s'illusionnent que le récit de leur existence lamentable ou aventureuse racontée n'importe comment suffit. Du premier coup, du premier jet, sans aucun boulot. La seule chose à comprendre en définitive : que toutes les histoires ne valent que par la façon dont elles sont écrites !

Mandarine, c'était pas le travail qui lui manquait... la bonne volonté. Beau s'efforcer, il ne pouvait pas gagner la partie. Au cas où il serait vraiment décidé à rentrer dans ce que nos bons moralistes appellent le droit chemin, il ne pouvait que se récupérer dans les travaux manuels. Et là... avec ses éponges aux mites, sa spéléotomie, le pauvre mec, il avait pas beau schpile ! Son destin, au départ, c'était mataf comme son papa. Il en avait la carrure, la physionomie, la démarche. Rien à chiquer, à se débattre, s'il en sortait, c'était la chtourbe ou la prison. À croire qu'on ne peut vraiment rien contre une certaine fatalité quasi biologique.

Toujours j'étais bien embarrassé avec ses œuvres d'art. Il voulait en plus me tirer le portrait... que j'aille poser dans sa piaule pendant les intercures. En quelques jours on était devenus tout à fait potes. Il avait trouvé son interlocuteur valable... petit à petit il me mettait dans presque toutes ses confidences... Je dis presque... bien sûr, qu'il se gardait des petits secrets de voyou, c'était la moindre des choses ! Je ne lui demandais d'ailleurs rien, je connais les usages de la truanderie...

– Faut que je t'affranchisse de quelque chose.

C'est lui qui me rend visite dans ma carrée au pavillon où je planchais des heures sur mes écritures. Sans doute ce jour-là il pleuvait, nous ne pouvions pas nous baguenauder dans le parc aux biches.

Heureux, c'était pas dans le domaine de la voyoucratie sa confidence. Je redoutais surtout qu'il en vienne à me demander un service qui m'aurait entraîné dans des marécages où je ne voulais plus mettre les panards.

– J'ai une fille...

Une fille fille... une enfant à lui... pas question d'une gonzesse qu'il aurait levée depuis sa sortie de chez les Carmes. Non, ça, il ne m'en aurait même pas parlé...

– Quatorze piges, elle a... Édith, elle s'appelle. C'est moi qu'avais choisi ce blase rapport à Piaf que j'aimais bien, tu m'entraves un peu ?

Certes... en me parlant d'Édith, il me marque une confiance tout à fait exceptionnelle. Il en a jacté à personne de cette gosse, même pas au docteur Leroux. Elle est dans une sorte d'orphelinat à Massy-Palaiseau. Sa mère l'a plus ou moins abandonnée.

– La salope, elle a demandé le divorce pendant que j'étais aux durs. Elle s'est remariée avec un boulot, un ouvrier du bâtiment... un sale con !...

Si sale con et si brutal qu'on lui avait retiré la fillette après une enquête de la brigade des mineurs. Du genre fait divers pour *Le Parisien libéré*. Et on retombait encore avec la Sainte Mère l'Église... les frangines de je ne sais quel ordre avaient recueilli la petite. Mandarine avait fait faire des recherches par l'assistante sociale de l'hôpital Marie-Lannelongue, mademoiselle Guichoteau. Comme ça, il avait pu retrouver Édith. Après son opération, sa première sortie ç'avait été pour aller la voir.

J'essayais d'imaginer la rencontre au parloir de l'institution religieuse. Cette gamine qui se découvre un pareil papa de but en blanc. Sans doute y avait-il été sur la pointe des pieds. D'après ses dires, elle s'était pas tant apprivoisée, Édith, à ce premier contact... elle était nature farouche.

– Elle tient de moi, tu m'entraves un peu ? Pas au physique, là, malheureusement elle tient de sa mère, elle est pas tellement costaud.

Il me la dépeint maigrichonne, les épaules rentrées, pâlotte... mal nourrie dans son pensionnat... sapée d'étoffes grossières, mal coupées, de couleur grise ! Mandarine, son but à présent... la sortir de cette prison d'adolescentes !

– Sinon, tu m'entraves un peu... elle s'arrachera à dix-huit piges et forcé elle deviendra pute.

S'il connaît la trajectoire ! L'enfance tellement tristouillarde chez les religieuses que la môme une fois sortie du bénitier... qu'une hâte, se faire faire un peu la fête à son cul. Et de là... comme dans les chansons de l'autre Édith, la grande... ça se termine toujours dans les bras d'un barbiquet qui l'envoie rapidos sur quelque Topol aux asperges...

Je n'en doute pas non plus. On devise, suppute, suggère, dans ma piaule... puis par la suite, au cours de nos promenades hygiéniques. Faut absolument qu'il trouve un peu d'artiche, mon nouveau pote... un boulot assez rémunérateur pour qu'on lui accorde le droit de reprendre sa fille. Pendant des années il y a pensé sans rien dire, personne lui donnait la moindre nouvelle. Puisqu'on l'avait confiée à la mère après le divorce et qu'il était au placard, il n'avait plus aucun droit.

Tout à fait digne d'éloges de vouloir s'occuper comme ça de son enfant, mais le drame... qu'il pensait sérieux remonter ses finances en vendant ses croûtes et qu'il commençait à compter sur moi pour le brancher auprès de gens susceptibles de devenir ses clients. Question barbouille, moi, je connaissais surtout un faussaire, Auguste le Lanternier, mais lui il se défendait dans un secteur de haute volée. Les meilleures, les plus saines arnaques, incontestable... les faux tableaux ! Bien organisé, on a vraiment le minimum de chances de se retrouver en galère et, à la réflexion, on ne lèse que des gens qui le méritent, qui spéculent... qui sont tout aussi immoraux que les faussaires. Mandarine, il était loin d'avoir les capacités requises pour confectionner des petits tableautins que les experts eux-mêmes attribueraient à Renoir ou à Corot.

Il me posait maintenant un sérieux cas de conscience, cézig. Du superflu dont je me serais passé dans ma situasse. J'allais sortir un livre chez Tartemplon dans quelques mois, seulement c'était pas affiché qu'il allait se débiter comme du Sagan. De nature je suis plutôt réaliste, je me beurre pas facile la tartine en des rêveries d'Eden Roc. Je ne me voyais pas du tout en train de proposer à la comtesse Isaure Sigismonde ou à Léonard Fraisier les petits paysages, les couchers de soleil chromo de Mandarine. J'étais pas en mesure moi-même de lui venir en aide efficacement. Chez Tartemplon, ils me couvraient de fleurs dans leurs lettres... ils me trouvaient inouï, sensass, talentueux en diable, génial tout à fait... Le hic! valait mieux pas leur parler d'espèces trébuchantes... là, ils mettaient du temps à me répondre, ils conféraient, ils devenaient évasifs... ils me trouvaient, par certain côté, du mauvais goût. Royal, j'avais reçu un à-valoir de deux cents sacs à la signature de mon contrat, ça m'avait servi à éponger quelques dettes hurlantes. Même pas eu le temps de me payer une paire de tatanes en daim comme j'avais envie. J'étais sapé de mes anciennes fringues, ma garde-robe d'avant la taule... les frocs se faisaient plus si fuseaux... Dans un certain monde ces choses de la mode ont beaucoup plus d'importance que la platitude du style pour un écrivain.

— Ce qu'il faudrait... tu m'entraves un peu... que je sois déjà moins loin de Massy-Palaiseau. Je pourrais au moins la voir.

Il touchait juste le secours de l'A.M.G... l'Assistance médicale gratuite... environ mille cinq cents balles anciens par mois. Avec ça, même pas de quoi se payer le billet de train en seconde pour monter jusqu'à Paris.

— Tu devrais faire une demande pour la postcure de Nogent-sur-Marne...

Ce que je lui suggère. Seulement, l'objection votre honneur... sa trique! En réfléchissant, il me semblait qu'on pouvait obtenir des arrangements avec la Préfecture pour des raisons médicales. Le docteur Leroux pouvait certainement l'aider à contourner l'obstacle de l'interdiction de séjour. À Nogent-sur-Marne la postcure était réputée tranquille… il y serait beaucoup plus près d'Édith… juste un problème d'autobus, de métro.

Mon idée lui paraissait tout de même excellente. Notre brave toubib s'est mis encore en quatre pour qu'elle aboutisse. Il a été lui-même plaider la cause de Jean-Marie Le Houdic auprès de je ne sais quel haut fonctionnaire, relation de maquis, place Vendôme. Ça a tout de même demandé quelques mois avant d'aboutir… je me rappelle plus exact. En tout cas, entre-temps, il y a eu Noël. Mandarine a demandé une perm pour aller voir sa fillette. Mais il voulait lui offrir un cadeau, il pouvait pas arriver les mains vides surtout à ce moment-là. Tout à fait embarrassé, il est venu me taper… si des fois je pourrais pas lui prêter vingt sacs. On sentait que ça lui coûtait de me demander ça… que c'était pas son genre.

– Je te les rendrai dès que je serai à Nogent… que j'aurai fourgué quelques dessins…

Déjà il s'était remonté quelques piécettes en faisant des petits portraits d'après Photomaton dans le sana. Les journaliers agricoles, sur le plan pictural, ils avaient pas des exigences d'esthètes chevelus… ils se contentaient d'une vague ressemblance et Mandarine les coloriait. C'était pour offrir à leurs dames, qu'elles les oublient pas… « Ton Robert qui pense à toi quand vient le soir. » Sous le portrait, il ajoutait une petite phrase sentimentale en lettres anglaises bien léchées.

– Des truffes pareilles, ça me fait caguer !

N'empêche !… en attendant la clientèle de Neuilly, fallait qu'il se contente de nos bouseux phtisiques alcoolo. Et pour leur extirper un peu d'artiche fallait se présenter aux aurores, avant les ravitailleurs de vinasse.

Prêter du fric, il faut savoir de toute façon qu'on le reverra plus. Pour moi, vingt bardas en ces temps d'à côté de mes pompes, c'était quatre mois d'argent de poche. Je ne pouvais pas faire autrement… le Noël d'Édith… je me suis fendu. Mandarine avait vu un poste à transistors… une publicité dans un magazine…

un modèle magnifique, le dernier cri de la technique. Ça, il était sûr que la petite ça lui ferait plaisir. Certain qu'elle aimait des chanteurs yéyé comme tous ceux de son âge. Mandarine, question goualante, comme moi, il en était resté à Piaf et Fréhel... les romances de légionnaires, de matelots, de Bat d'Af'. Les nouvelles générations, leurs goûts nous échappaient. On était plus du tout dans le coup... l'évidence !

Ainsi jactions-nous de choses plutôt que d'autres. On s'était mis à la même table au réfectoire. On évoquait des souvenirs. Lui, il en avait plus que moi et des sévères. Son enfance à la schlague des matons d'Amiane... le bagne de Calvi où le sous-off du mitard, en lui portant sa soupe, lui demandait s'il voulait du sel. Quelle que soit la réponse, le bourreau lui en jetait une pleine poignée dans la galtouse afin de la rendre immangeable.

– Et c'était tout ce que t'avais à becter pour deux jours...

... etc. La centrouse aussi... l'enfer organisé presque avec autant de méthode que chez les nazis. Pendant l'Occupation, les cercueils étaient tout prêts au greffe, empilés... les détenus calanchaient sans que personne s'inquiète de ces morts-là. Il est vrai qu'il y en avait tant d'autres... sur tous les fronts, sous les monceaux de ruines des bombardements... à Dachau... à Buchenwald... dans les caves des tortionnaires. Mais enfin, la guerre finie, le régime ne s'était pas tant amélioré. Tout ça aujourd'hui c'est devenu de l'histoire anecdotique ancienne... tout aussi loin que les galères, la roue, le pilori... ça n'intéresse plus que quelques maniaques, quelques rats de bibliothèque.

Mandarine est revenu de sa perm de Noël tout à fait radieux. Le transistor lui avait conquis le cœur d'Édith. Les frangines l'avaient autorisée à sortir avec son père. Ils s'étaient offert un petit restaurant et puis *Sissi* au cinéma avec Romy Schneider qui était si belle... une vraie fête quoi ! Et j'étais un peu celui qui avait permis tout ça avec mes vingt sacs. Pote à la vie à la mort j'étais devenu pour Mandarine. Peu expansif question sentiment, il s'est tout de même fendu envers moi d'une déclaration en règle d'amitié.

Ça ne solutionnait toujours pas les problèmes de son avenir. Il est barré ensuite vers sa postcure à Nogent-sur-Marne. J'ai reçu quelques lettres... il allait voir Édith tous les dimanches, il faisait des projets... que s'il trouvait un peu de carbure, il l'enverrait en Angleterre. Ça lui paraissait le fin du fin que sa fillette apprenne à jacter british. Il en ferait une dame, il se le promettait noir sur blanc.

Plus honnête que le plus scrupuleux des plus intègres caves, il s'est mis à me rembourser mes vingt mille balles par mandats de trois sacs. Il me disait se faire un peu de pognon toujours en dessinant des portraits d'après photo d'identité. Il a fini par s'acquitter de sa dette d'un seul coup avec onze mille francs. En la relisant par la suite, la bafouille qui accompagnait son dernier mandat, j'aurais dû me gourer un peu de la poloche. Il avait retrouvé un vieil ami qui, affirmait-il, était en mesure de l'aider, de lui filer un coup de pogne sérieux. « La période des vaches maigres est bientôt finie. J'irai bientôt te voir au volant d'une D.S. ou d'une 404. » Sur le moment j'ai simplement cru qu'il délirait encore à propos de ses œuvres artistiques... et puis il est sorti de mes préoccupations immédiates. Malgré ma thoraco de six côtes, je crachais toujours des bacilles, fallait que je retourne sur le billard... une opération longue et délicate. Je vous passe les détails de la rigolade... à l'hôpital Marie-Lannelongue dans mon ancien quartier, avenue d'Ivry.

Mandarine, ça m'a étonné qu'il vienne pas me rendre une petite visite. J'avais plus de nouvelles de lui depuis un ou deux mois au moins. Elles me sont arrivées brutales, comme ça, par l'assistante sociale, mademoiselle Guichoteau, qui est venue me voir au pied de mon lit pour régler je ne sais quelle paperasse de Sécurité sociale. Je risquais pas, cette demoiselle Guichoteau, de la lutiner... question appas, le très peu qu'elle possédait, elle se le ficelait dans des fringues de girl-scout. Enfin elle était dévouée, elle ne me voulait que du bien, me remettre dans le droit chemin puisqu'elle était au parfum de ma situation, qu'elle connaissait mon pedigree.

– Vous connaissiez Jean-Marie Le Houdic ?

Elle m'interroge à tout trac ! Tout de suite je suis en quart... *Connaissiez !* Elle parle au passé. Je lui réponds de la tête... oui, oui, que je le connais...

– Il a été tué... Une sale affaire. C'était dans les journaux, la semaine dernière.

Pendant que j'étais en plein dans mes délices chirurgicales... ensuqué au palfium... tandis qu'on me faisait des broncho-aspirations... toutes sortes de gâteries qui vous coupent le goût de lire la presse. Elle était incapable de me donner plus de détails, mademoiselle Guichoteau, elle n'avait pas gardé le journal. À coups de revolver des méchants l'avaient abattu dans le dos. Près de la place Pigalle.

– Je me demande bien ce qu'il allait faire par là ?

Je me le demandais moins qu'elle sans toutefois bien reconstituer le pourquoi du comment. Je m'attendais tout de même pas à une fin pareille, aussi rapide, aussi brutale.

– Il avait une fille... Vous ne le saviez peut-être pas ?

C'était justement elle, mademoiselle Guichoteau, qui avait fait toutes les recherches, les démarches pour la lui retrouver... ça me revenait, Mandarine m'avait expliqué.

– La pauvre petite, elle n'aura pas profité longtemps de son papa.

Certes... et maintenant elle allait peut-être finir comme il avait prévu. Parfois j'y repense en passant dans les rues à tapins... elle est peut-être dans le lot, Édith, déjà parmi les vioques puisque cette histoire remonte à 1963...

J'ai fait rechercher les numéros du *Parisien libéré* de la semaine précédente. C'était au moment de l'élection du pape Paul VI. Il nous bectait toute la surface de la presse, le Saint-Père! Fini par dégauchir le fait divers. Il avait pas la une en gros caractères... juste quelques lignes en troisième page: *Règlement de comptes à Pigalle*. Ça relatait que Jean-Marie Le Houdic, dit Mandarine, 47 ans, repris de justice notoire, s'était fait abattre de cinq balles de Colt 11,43, alors qu'il sortait d'un bar rue Victor-Massé, à deux heures trente du matin. Le meurtrier avait tiré d'une voiture non identifiée. La police bien sûr enquêtait.

Elle enquête toujours la police, mais, dans ces cas-là, elle y va mollo... les Maigret n'ont pas envie de se refroidir les arpions en planque sous les portes cochères par les temps pluvieux. Mandarine, ça leur faisait un malfaisant de moins avec de grandes chances que son assassin finisse aussi de la même manière. Des économies de procédure et de guillotine. Seuls les avocats et les procureurs pourraient s'en plaindre.

Après la médico-légale, probable que le corps de mon copain avait abouti chez les étudiants en médecine. J'avais entendu dire qu'ils se livrent parfois à de macabres plaisanteries avec les oreilles, la queue et les balloches des cadavres. Sans doute que ça lui avait pas été épargné, il était vraiment né un mauvais jour, Mandarine... sous un signe du zodiaque avec ascendant à la merde.

Par la suite, plus tard... j'ai eu quelques lumières sur sa fin. De mes anciennes mauvaises fréquentations qui savaient un peu de quoi il retournait. Une fois à sa postcure, il était parti à la recherche des complices qui l'avaient si bien largué depuis treize ans. Ça l'avait mené chez un homme bien installé dans le Milieu... un caïd ou presque avec un bar, des dames qui en arpentent pour que monsieur ne manque de rien, qu'il se fatigue ni les méninges, ni qu'il s'abîme ses jolies pognes. Le Mandarine qui rôde autour de son territoire, de son

cheptel, ça lui a foutu la pétoche à ce cador, mettez-vous un instant, chers lecteurs, à sa place somme toute plus précaire que celle d'un administrateur de la Banque de France.
— *Que vouliez-vous qu'il fît contre cézig ?*
— *Qu'il le flinguât.*
Ou qu'un beau poulardin alors le secourût.
Là, c'était tout de même peu probable. Je vous résume... que vous soyez pas lésé sur le finale de cette biographie de Jean-Marie Le Houdic dit Mandarine. Dieu tout de même ait son âme. Pendant les sept piges où il avait battu les mystiques, quelques-unes de ses prières sont peut-être parvenues jusqu'au ciel... allez savoir ? Il en est de plus hypocrites murmurées par des bouches impures.

LA PERQUISITION

À Jean-Louis Pelletier

... Sans crier gare, on vient m'arracher tout droit du mitard. La lumière du matin m'éblouit... un peu comme un hibou sorti de son tronc d'arbre en plein jour.

La 403 des flics m'attend dans la cour d'honneur, devant le perron. J'ai signé le registre au greffe, le brigadier a comparé mon index... l'empreinte, voir si je suis toujours le même qu'à mon arrivée. Voilà, ils m'ont passé les cadènes, n'est-ce pas... les menottes, que j'aille pas leur faire une entourloupe en cours de chemin.

C'est un jour froid ensoleillé... tout le long des rues je vais me repaître du spectacle... les femmes qui passent, emmitouflées dans leurs fourrures... jambes gainées de bas à couture, perchées sur leurs talons aiguilles. D'un bon bail je vais plus en revoir, je suis promis à quelques années d'eau fraîche sans amour derrière de hautes futaies de barreaux. Je paye, comme on dit encore en ce temps-là. Je casque cash quelques indélicatesses, babioles chouraveuses prévues par la loi assez chères. J'en suis qu'au début du parcours, la période des enquêtes, de l'instruction. Pour ça d'ailleurs que je m'embarque dans cette 403 de la XXe Territoriale... qu'on passe le portail de ma résidence pour ainsi dire secondaire à Fresnes-lès-Rungis. Mes escorteurs, ils m'ont déjà interviewé la semaine dernière. Bon Papa et le Globuleux, un couple très au point, le doucereux et l'acariâtre... un gros et un maigre, sortes de Laurel et

Hardy mais alors qui ne me font pas rire du tout ! Globuleux il est à l'avant près du chauffeur, il me laisse la banquette arrière avec Bon Papa... son cul à une place et demie. Je sais pas au juste ce qu'ils me veulent aujourd'hui. Ça n'en finit plus les vérifications, les citations à paraître, les confrontations, les descentes sur les lieux. Monsieur Elbron, mon juge instructeur, il les canarde de commissions rogatoires, les chers lardus de la Territo. Ils en ont ras du rapport, des copies conformes, des pièces justificatives, procès-verbaux, des paperasseries n'en plus finir ! Ça se concrétise toujours de la sorte, les faits divers, les petits polars, les titres à la une ou deux... des dossiers, des fiches, des descriptions d'individus, des témoignages circonstanciés. Maigret, lui, il fume juste sa pipe, il n'est que dans les intuitions, il découvre le pot, les roses et l'assassin le dernier chapitre. Eux autres, là, mes officiers de police adjoints Globuleux et Bon Papa, c'est des écritures qu'ils se coltinent, des triples, quadruples exemplaires sur leur poussive Remington modèle 1933. La poésie du métier, belle sucette qu'ils s'en torchent le fion... ils attendent leurs congés payés, la fin de la semaine, la fin du jour, la fin des flagdas ! Tout est routine passé les élans de la jeunesse, les plus belles, nobles aventures, ça s'aboutit dans les scribouillages fastidieux... à votre bon cœur messieurs dames enivrés d'émotions fortes !

– On va chez toi...

Globuleux qui me glisse ça sans se retourner. Pour pas que je m'inquiète sans doute du parcours. Visible qu'on remonte pas dans le XVe comme la dernière fois à leur sympathique siège central.

– On reperquisitionne, ajoute Bon Papa, si tu n'y vois pas d'inconvénient.

J'en verrais que ça serait kif au même. Il jacte le Gros pour meubler les vides, pour créer du lien. C'est sa technique, j'ai remarqué... il enveloppe, développe, embobine, tour à tour bon bougre, sarcastique ou mielleux. On parlait pas encore de dialogue, c'était pas encore la mode dans le monde des idées, de la pensée. Bon Papa était donc en avance d'au moins quinze ans... un véritable précurseur ! Hier comme aujourd'hui, flics, professeurs, ou étudiants, dialoguer avec eux, ça me fatigue d'avance. Je me bute que ça sert à rien... qu'on parle toujours trop, à travers, à tort, à lurelure, rabâchis et babillages ! Les vrais échanges c'est délicat... ça nécessite des ondes spéciales... avec les amis, les amours, on se comprend toujours à mi-mot, entre les lignes, d'un seul regard ma chère enfant, je vous darde et brûle et envoûte jusqu'aux délices du pageot.

Bon Papa, je lui ai déjà tout dit ce que je savais... croix de bois, croix de fer ! Il me fatigue, me les râpe menu, il se répète et il n'est pas marrant du tout.

Certes, je pourrais un peu me mettre à sa place, qu'il lui faut bien noircir ses pages de rapport, que le commissaire Lopardi, les copies blanches, il les exècre comme un pédé l'odeur des femmes !

– On a prévenu ton avocat.

... que les choses soient parfaitement légales ! La loi d'abord... toujours la loi... le respect de la loi ! Maintenant, s'il n'est pas sur place à l'heure maître Lubary, on sera bien forcés de commencer sans lui. Il me fait la remarque Bon Papa. Il a retiré son galure, son feutre mou de poulaga d'après-guerre. Il est chauve en dessous... rond de partout... la bouille, le bide, les genoux probable, lorsqu'il se met en short sur la plage au Tréport où sans doute il s'envacance avec médème et les lardons.

Curieux... mon imagination toujours vagabonde en suppositions sur celui-ci, celui-là... la petite qui passe entre les clous. Une blonde à coiffure choucrouteuse, aux cannes élancées, le valseur émouvant. Celle-là, c'est nue que je me l'hypothèse un instant... si je la ferais reluire, la salope ! Le feu passe au vert, tout est fini entre nous ! Ce ne fut qu'un instant fictif de bonheur, chère mademoiselle, vous ne vous en êtes même pas doutée.

Ça tourne en rond… fastidieux à la longue, leur enquête ! Sont-ils si naves de se figurer qu'à Vincennes, dans ma piaule, ils peuvent encore trouver quoi que ce soit à se foutre sous leurs plumes rapporteuses ? Je réfléchis… ça me paraît bizarre cette perquise ! Qu'ils aient encore du temps à perdre ? Ça m'étonnerait ! À la limite ils sont flemmards, mais jamais ils font rien gratuit… une remarque frappée de multiples expériences.

On est sur la Nationale 186… je vous ai dit le temps qu'il fait… presque à se promener mains dans les poches, siffloter l'air à la mode… le dernier de Bécaud, d'Aznavour ! Il a gelé pourtant cette nuit, sans lardeuss j'ai pas si chaud… N'empêche faut être lourdé doubles grilles, emplacardé jusqu'aux balloches pour apprécier leur juste valeur les beautés des quatre saisons. Ça fait près de cinq mois que je suis au chtar. Toujours, dans tous les endroits détestables, les débuts sont les plus durailles. Dans un an ou deux, j'aurai pris ma vitesse de croisière… mes aises dans mon trou sordide. Tout est question d'habitude, même le pire. Là, j'ai encore mes fringues qui sentent la liberté, mon costard velours à côtes, mes mocassins, ma chemise sport à petits carreaux. Peu à peu, je vais me clochardiser, me râper du col de la limace, me repriser des fringues, m'éculer des pompes… marcher petit à petit à côté. Rien le droit de recevoir, ni visite, ni mandat, ni colibard, ni lettre pour l'instant. Au secret, il m'a foutu le juge Elbron… comme un espion venu du froid, l'abruti ! Il me prend pour plus gros gibier que je ne suis en réalité ! Certains seraient fiers à ma place… pavoiseraient cador, mécaniques toutes roulantes sous le veston ! Ainsi de notre petit monde carcéral… tout s'y reforme comme dans l'autre… le beau, le grand, l'honnête… les classes sociales, les diverses vanités, les hiérarchies ! Tout à l'envers mais tout pareil au même… beau faire, défaire, contester… on n'échappe que très superficiellement à des lois quasi chimiques. On se déguise en ceci, cela… en zéro de conduite… pâle voyou… terroriste néo néo…

pour l'essentiel... hop ! tout repart toujours comme en 14, comme 40... comme 70 ! comme sur des roulettes ! C'en serait très vite fastidieux si ce n'était souvent cocasse !

– T'as tort, moi je t' le dis, de t'enfermer comme ça dans une attitude pareille.

L'attitude pareille, ça devient maintenant tout ce qui me reste puisqu'elles m'ont dépouillé de tout, ces tantes... Je peux juste m'enfermer un peu plus... histoire peut-être de respirer. J'analyse pas trop, sur l'instant, cette fameuse *attitude pareille,* mais enfin, au pif, je sens bien que c'est ça que je dois *maintenir...* ne pas tomber surtout plus bas. Je vais pas me mettre à lui expliquer des choses si frêles, si ténues, au Bon Papa faux derche poulaga. Je le zyeute à la dérobade... il me gratifie d'un sourire, plutôt bonasse que bon, sous sa moustagache en brosse. Ça serait si simple, me dit ce sourire mielmerde, de te mettre à nous parler un peu... le soulagement, mon cher petit !... Plus de commissions rogatoires, de promenades hivernales en 403, plus de rapports, plus de tracasseries policières ! Tout ce qu'il me promet, ce con, avec ses petits yeux coincés dans la graisse... des perspectives suaves... qu'on serait heureux enfin ensemble !

– Un type qu'aura même pas la reconnaissance du ventre.

Nous y voilà... presque chez moi d'une part et de l'autre, il me découvre, le papa poulet, le fin du fin ! Ça me paraît à présent l'évidence que le commissaire Lopardi a demandé au juge cette nouvelle perquisition, somme toute pour me remettre sur le gril, voir si dans le fond de mon cul-de-basse-fosse j'aurais pas réfléchi un brin, que je me sois décidé tout de même à balancer mon cher complice... ce monsieur X... Z... Y... Raymond... Albert... un rouquin à moustache, lui à la gauloise.

Voilà, clair et net, il me ramène à Vincennes pour me travailler au corps encore... au corps à corps... cor et à cri ! Ils manquent d'élémentaire psychologie, ils devraient bien se rendre compte qu'au pain sec et à la flotte tiède, je me durcis plutôt... qu'ils obtiendraient sans doute de meilleurs résultats s'ils me bouclaient dans un palace avec des girls suceuses, du champagne brut millésimé 1947... le caviar à la louche, le foie gras au petit déjeuner. Oh ! ils me fatiguent... l'autre aussi le Globuleux à l'avant qui, de temps à autre, se retourne et m'envoie un regard, je peux dire, dénué de toute aménité sans exagérer le moins du monde. Son for intérieur il regrette, lui, l'Inquisition, la Carlingue... de pas être un petit agent du K.G.B... si je m'allongerais dans les douleurs, mes ongles au bout de ses tenailles, mon fion perforé au fer rouge... ma tête sous l'eau glacée d'une bonne baignoire ! Ça lui fait mal à cézig d'œuvrer répressif dans des conditions aussi désastreuses ! Il me sourit pas, il me ricane. Il est menaçant de toute sa face osseuse, ses châsses crapaudesques, ses dents mal plantées qui avancent, qui dépassent un peu de sa lèvre humide pour ne pas dire baveuse. Question tronche, la divine nature ne l'a pas tant favorisé faut convenir. Certains ça les rend hargneux, bêtes et méchants... tout à fait coincaresses au portillon des rigolades. Globuleux à Mimi Pinson, s'il s'y pointe pour le tango, les gisquettes préfèrent les rastaquouères aux yeux de braise, comme je les comprends. Lui, il n'emballe en définitive qu'avec ses menottes en acier chromé... celles qui me coupent, présentement, les poignets.

– C'est de la merde que je te ferais bouffer, moi, de la vraie merde... la soupe aux navets c'est encore trop bon pour ta gueule.

Enfin il me cause, voyez, il rompt la glace. Je n'en attendais pas moins de ce gentleman Ça me donne envie de rire sa tirade fienteuse. Au fond, il joue... ça me traverse... on joue tous... eux aux gendarmes, moi au voleur. Les rôles sont distribués au rasoir. Nulle ambiguïté, j'ai les attributs de la fonction... mes bracelets... le maquillage pâle du cachot. J'ai peut-être pas la tronche adéquate, et je me demande au fond si c'est un avantage ou un inconvénient. Ma concierge en revenait pas : « Un homme si bien de sa personne ! À qui se fier, ma pauv' dame ! » À personne, même pas à Dieu le Père qui sodomise les anges paraît-il.

La voilà, ma chère bignole... la 403 est arrivée rue des Territoires... garée devant la porte de l'immeuble. Lubary m'a dépêché un petit assistant, un stagiaire boutonneux, tout à fait suffisant pour une simple perquisition... Maître Watteau il se présente, comme le peintre de *L'Embarquement pour Cythère*. Me vient un drôle de jeu de mots... s'y taire... c'est bien mon cas... qu'il faut que je la boucle et hermétique. Celui que je couvre, certes, il a tout à fait raison Bon Papa... il reconnaîtra rien jamais ni du ventre, ni du cœur. Il a ses amis à la semelle de ses godasses, l'affreux... les clochettes au cul dès que ça chauffe ! Il est goinfre, égoïste, constipé du lazingue, cupide pas possible ! Il est devenu un courant d'air, un vent coulis, zéphyr brusquement l'enflure ! Et pourtant, je vais pas le balancer... je vais, ce dégueulasse, le soustraire au bras séculier, lui assurer une existence douce et crapuleuse, tandis que je me fade toutes les fariboles policières... encore cette perquise... que je passe devant la loge, devant le regard haineux, mielleux de la concepige qui borgnote derrière le petit rideau à fleurs au carreau de sa porte vitrée.

– Ayez du courage...

Ce qu'il me susurre, ce maître Watteau à lunettes. Il est louf ou quoi ! C'est pas encore la guillotine. Je précise tout de suite, je n'ai tué, occis personne ! Je n'étais dans mon genre qu'un artiste... un malfrat certes, mais funambule... sur la corde raide des prouesses digitales... des enveloppements à la surprenante... disciple plutôt d'Arsène Lupin que des chauffeurs de la Drôme. Nulle gourance ! Faut revenir presque un quart de siècle en arrière... fin IVe... encore le président Coty en effigie dans les administrations. Nous n'étions pas si nombreux dans les carrières marginales... les vocations les plus impératives étaient stoppées net par une force de dissuasion pénale à neutrons. Trois quatre erreurs dûment constatées, répertoriées aux bois de Justice, on se retrouvait à la relègue... à perpète dans des prisons moyenâgeuses, en silence, en sabots pas dondaines du tout, en habit de droguet, mains derrière le dos... one deux... one deux... sous la surveillance exclusive de matons aimables comme des rhinocéros. Je rappelle le climat... aujourd'hui, on a tendance à oublier, les jeunots se font une montagne du moindre coup de latte dans le train... C'est des appels n'en plus finir aux Droits de l'Homme pour le moindre assassin privé de dessert. On a basculé tout à coup dans un nouveau monde. J'appartiens déjà avec mes histoires à l'Histoire. Faut que je remette le bon lecteur, l'attentif... dans le contexte. La sainte guillotine fonctionnait encore plusieurs fois l'an.

L'autre, tout de même, avec son « Ayez du courage », il va me filer de méchante humeur. Il s'y voit déjà... l'aube fatale... ah, merde ! J'en entends trop, en placarderie, des contes à s'allonger sur la bascule. On cultive, derrière nos hauts murs, toute une mythologie autour de la Veuve... l'Abbaye de Monte-à-Regret ! Ça se tatoue des pointillés autour du cou... à découper n'est-ce pas... *Promis à Deibler*... les bouzilles de vrai de vrai ! Toute une poésie qui affole aussi les esthètes, les amateurs de grand frisson. Tout ça j'en suis à présent vacciné... je ne rêve que de m'en débarrasser... ça vous colle partout, à l'âme, la peau, les fringues. Je préfère tout compte fait Lamartine... son Làc... y suspendre enfin mon vol !

Nous arrivâmes... le palier... les scellés sur ma lourde. Bon Papa, au nom de la loi, en ma présence, escorté de mon conseil maître Watteau, il se les farcit les scellés. Et nous pénétrâmes. Tout est resté dans le grand désordre de la précédente perquisition... tout sens dessus dessous... les meubles, les placards... les fringues, les livres... les tiroirs... tout est renversé, répandu, épars, bousculé, piétiné. Pire que des casseurs, ils sont, les boys de la Territo !... Ils s'en donnent... ils ont des complexes pas possibles ! Tout frétillants, ils se mettent à leur tour à jouer les voleurs !

Globuleux, j'avais pas remarqué, il est monté avec une sacoche. Il l'ouvre, il sort de l'outillage... un pied-de-biche, bien ce que je vous disais plus haut, comme un vrai petit cambrioleur. Voilà, le but de l'opération... il s'attaque d'autor au plancher... il soulève une latte. Bon Papa, lui, va inspecter les murs de ma chambre... il tape sur les cloisons et carrément il arrache mon papier japonais, une petite merveille, le vandale... Il y va, strac !... il décolle des pans entiers.

Maître Watteau, ça lui paraît pas si légal, ce dépeçage de ma cambuse... il esquisse une protestation. Il glapit « C'est insensé ! » Il a une voix de fausset, de gonzesse en chaleur... ça va pas l'aider au prétoire pour sauver la tête maudite des assassins du samedi soir. Globuleux s'il l'envoie rebondir ! Qu'il se mêle pas... il est juste là pour constater... sous le plancher s'il découvre des diam's, des lingots, des napoléons... les derniers bijoux de la Bégum... je pourrai rien nier, cette fois... en présence de mon avocat. Il me jette un regard, comment dire... presque éperdu, ce maître Watteau... il m'interroge, me scrute... si je suis dans les transes ou quoi.

Je suis dans que dalle. Là, tout de même, ils poussent, les perdreaux, le jeu gamin au-delà de la récré. Pour une fois, à leurs singeries, je suis tout à fait en roue libre... comme Baptiste, tranquillos... qu'ils s'escriment les cons... pure perte... je suis sur mes deux oreilles. Je retourne un fauteuil sur ses pattes, je m'assois. Il y va, Globuleux... crac ! Il transpire, il retire sa veste. Les dégâts seront pour ma pomme... une note encore salée. Au point où j'en suis, ça me fera pas grand-chose de plus ! Les frais de justice, amendes diverses, partie civile... etc. On m'a tout saisi, je n'ai plus que ce costard velours côtelé, mes tatanes, ma bite sous le bras. Ça vous épure... on apprend à se détacher des biens de ce monde.

Dans la chambre, j'entends Bon Papa qui arrache hardi le papier mural. Ça serait le comble, tout à coup je gamberge, que le locataire précédent, celui qui est mort en 56, ait planqué un magot sous les lattes... que l'autre torgadu le dégauchisse !

Quand ça se met à pleuvoir les catastrophes, il en est d'inattendues qui vous dévalent sur l'alpague. On peut s'attendre à tout du ciel dans les moments difficiles, il s'acharne on dirait, il vous veut pantelant, rendu tout à fait en descente de lit, bras et jambes écartés... les couilles dans la bouche.

Dans la cuisine, ça me revient, sur le frigo je laissais toujours dans une boîte à sucre de la menue monnaie pour les coursiers, les télégraphistes, les livreurs... leur pourliche. Comme je vais me farcir toute la journée avec ces messieurs, ça me ferait de quoi m'offrir un casse-dalle, s'il reste quelques piécettes... D'habitude, pendant leurs commissions rogatoires, je reste à jeun, ils me donnent tout juste de l'eau du robinet, si j'ai soif, mes anges gardiens. Je me dirige vers la cuisine dont la porte est restée ouverte. Oh là ! Il bondit, Globuleux... il lâche sa pince... me tope, me stoppe, appelle Bon Papa à la rescousse ! Je suis pas là pour gambader... Il faut poliment que je leur demande la permission, même pour faire pipi. À peine deux sacs... pas tout à fait, il y a dans cette boîte à sucre métallique décorée d'une petite fille avec des cerises sur les oreilles. Globuleux, il m'écarte vif, il constate, il compte... Mille huit cent soixante francs... nous sommes encore au temps des anciens francs... Il va pas pour si peu faire une saisie-arrêt, remplir des paperasses, merde ! Bon Papa, tout de même, lui calme l'ardeur poulardine. Il acquiesce, c'est lui le plus ancien, le chef, je peux le prendre ce pognon... il m'autorise pourvu que je le dépense avant de rentrer au bercail pénitentiaire. On mesure à ces choses, ces mesquineries, le prix réel de la liberté. De quoi méditer encore ce soir sur ma paillasse... ris donc... si t'es gai, etc. comme dit Vermot... des conséquences de la vie voyoute ! Tout maintenant m'est compté, détaillé, le moindre pet au fond de mon froc reniflé par les experts, voir si j'ai pas becté du caviar d'Iran entré clandestin dans la détention, comme disent les rapports de matons qu'on lit tout haut devant m'sieur le directeur, les jours de prétoire.

Il en profite Bon Papa pour me faire son numéro de gentil flic qui ne veut pas la mort du petit malfrat. À côté de leur siège central place Saint-Lambert, il y a une brasserie… pour mes mille huit cent soixante balles, je vais pouvoir m'offrir des cigarettes, un sandwich… un jambon-beurre et une petite bouteille de bibine, de la Spaten ou de la Kronenbourg si je préfère. Il ne fait que son travail, ce brave fonctionnaire, rien que son travail, il précise à maître Watteau… n'est-ce pas… que celui-ci n'aille pas dans ses plaidoiries encore grandiloquer sur les tortionnaires de la P.J… fariboler sur leurs méthodes. Il peut constater sa mansuétude… mille huit cent soixante francs passés à l'as, profits et pertes. Si on voulait bien tout considérer, je vis d'expédients les plus glandilleux depuis presque toujours… je ne suis d'ailleurs qu'un expédient moi-même de par ma naissance clandestine… alors rien ne m'appartient… ces mille huit cent soixante balles, c'est en quelque sorte de la charité pure de sa part, une manifestation encore de sa clémence incomparable ! Et je lui dirai même pas merci… l'ingratitude est ma seconde nature puisque ma première c'est les expédients. Maître Watteau le fait à ma place. « Monsieur l'inspecteur, je vous suis très reconnaissant »… liche au fion ! Ce Watteau, il en serait un peu que ça me surprendrait pas à l'extrême. En carluche, sûr, il se ferait mettre, le maître… les altières biroutes de truands besognant hardi ses petites miches de serin ! Voyez mes pensées lubriques et de broc qui vagabondent. Incorrigible ! Après ça, j'irai me plaindre que la presse catholique boude mes ouvrages, que les dames se détournent des librairies dès qu'ils sont à la devanture.

Ils ont l'air enfin de se décourager Globuleux et Bon Papa ! Je vous passe un peu de temps comme au cinoche... l'ellipse, le raccourci saisissant. Ils ont tout de même bien saccagé, dépiauté toute ma cambuse. Ils regardent encore dans le sommier. Ils déplacent le frigidaire. Eux ils ont chaud à s'activer, mais mon conseil et mézig, dans cet appartement sans chauffage depuis le début de l'hiver, on caille des genoux à les regarder sans rien faire. Ça finit quand même... on va repartir, je signe encore un procès-verbal, une déclaration... tout en due forme. Watteau contresigne... etc.

– Maître Lubary viendra vous voir la semaine prochaine.

Sans doute... depuis que je l'attends, il est pas pressé mon maître principal ! Débordé, il plaide aux six coins de la France... il arrive plus à fournir tant il est demandé ! N'importe, qu'il me dépêche ses acnéeux stagiaires pendant l'instruction, l'essentiel est qu'il soit là le jour du procès pour terrasser le proc, convaincre les sourdingues assesseurs et le président si sceptique, la vache, complètement sclérosé dans les articles de son Code Dalloz... Avec le dossier que lui mitonnent les lardus de la XXe Territoriale, il va avoir une cause de désespoir à plaider ce cher Lubary.

Watteau repart dans une 4 CV, il m'a pas servi à grand-chose, il s'est même pas dérangé pour se perfectionner un peu dans son art palabreur. Je ne le reverrai plus... il en passe chez Lubary des kyrielles d'apprentis bavards... je sais pas ce qu'ils deviennent... n'en ai cure ! En tout cas dans l'ensemble, y'a pas tant de mouron à s'égrainer pour leur avenir. Ils sont du bon côté de la barre. S'ils sont trop nuls au prétoire, ils pourront toujours faire de la politique... les électeurs sont moins difficiles que les proxénètes.

Nous sommes rebarrés dans la 403 banalisée, on roule vers Paris. Je gamberge un peu aux réjouissances de l'après-midi. Sans doute vont-ils me laisser jusqu'à deux heures dans le violon... le trou spécial en leurs sous-sols prévu pour la clientèle pendant les heures du déjeuner. Un bat-flanc, des chiottes... l'odeur qui monte... dans la pénombre... une pèlerine de surveillance pour les trois cellules... un bel agent en uniforme ! Enfin c'était ainsi, jeunes gens, de mon temps. Aujourd'hui, c'est peut-être un salon, un sofa avec une psychanalyste en bloudjine pour vous répertorier les complexes.

J'ai pas fait gaffe au chemin qu'ils prennent... je suis tout à la rue, son spectacle... les gens qui passent, traversent, s'arrêtent... les gonzesses surtout, je vous ai dit. Je viens juste de dépasser la trentaine, c'est un âge où l'on bande au moindre jupon. Embastillé, privé, ça vous obsède, bien naturel. Le temps perdu, on se l'additionne en filles qu'on va rater, qui ne reviendront plus... qui tournent déjà le coin du boulevard. C'est ça la réelle punition, le reste je m'en arrange... l'eau fraîche et le pain dur... la paillasse, le froid des nuits d'hiver... la gueule d'empeigne des matons et des chats fourrés...

Ils passent par la Bastille, le pont d'Austerlitz. Pour rejoindre leur Territoriale, rue Léon-Séché, ils auraient mieux fait de prendre par les boulevards extérieurs... les maréchaux à la porte de Vincennes. Enfin je leur pose pas de questions. Ça serait le comble que je me permette de les interroger... chacun son rôle, ils sont déjà assez déçus de cette perquise pure perte, c'est pas le moment de les titiller. On remonte le boulevard de l'Hôpital. On ne s'est plus rien dit depuis le procès-verbal... et voilà. Bon Papa m'attaque soudain :

– Et ta mère ?

La question au foie... au cœur plutôt ! On approche de la Pitié... la proximité de l'hosto, justement, ça m'y ramenait à ma mère. Qu'est-ce qu'il vient s'occuper de ça, ce gros lardu de merde ? Là, c'est pas du tout ses oignes ! Qu'il perquisitionne, m'interroge, tarabuste à mort... j'ai pas mérité autre chose puisque j'ai eu la bêtise, la malchance de me faire cravater. Je suis le plus beau joueur possible, mais j'ai le droit à ma mère sans qu'il vienne y foutre son sale pif de flic.

Le feu passe au vert. Qu'est-ce qui leur prend ? La 403 ralentit... tourne à gauche... va se garer devant l'hôpital... stoppe.

– Elle va mourir ta mère. Ce n'est plus qu'une question de jours.

L'enfoiré, il me place sa banderille au bon endroit, il me met à genoux. C'est mon jardin secret, ma mère... ce qui me taraude. Je serre les dents... je la ferme... j'en parle à personne. L'abbé Entraives, l'aumônier seul est au courant. Il a été prévenu par son collègue de l'hosto et alors il est venu me voir, me porter des nouvelles. À l'article de la mort, ma pauvre mère se raccroche à Dieu, elle s'est souvenue de sa communion, de son éducation chez des sœurs pourtant pas si tendres. Il ne lui restait plus que ça... le secours de la religion, la sainte Église catholique et romaine... Beau être athée, moi, je la comprends... je m'efforce toujours de tout comprendre... et surtout en ce qui concerne ma mère. C'est une femme lucide, elle sait... ce cancer, elle a fait semblant de ne pas y croire... On lui a baptisé, je sais quoi ulcère, polype, mais tout de suite elle a compris... elle ne s'est guère plus fait d'illusions.

Son dernier visage, sa dernière silhouette me hante... au bout d'une allée bordée de fleurs d'une maison de repos près de Saumur... elle me fait un petit au revoir de sa main déjà décharnée. Elle est voûtée, tassée, déjà méconnaissable dans sa robe de chambre à carreaux. Elle a eu du mal à descendre l'escalier pour m'accompagner dans le jardin... on lui a donné des cachets... du palfium, exprès pour ma visite.

Je n'ai tout de même pas eu le pressentiment que c'était son dernier visage... que je ne la reverrais plus. Je me berlurais que je reviendrais la semaine suivante... que les dieux de la foire d'empoigne me protégeraient encore quelque temps. On se fait toujours en truanderie, comme partout peut-être, des illusions… qu'on va tirer plusieurs fois de suite le bon numéro.

Il faisait très beau ce soir-là dans le Val-de-Loire. C'était sur la fin septembre. Tout était serein, le ciel encore bleu… une curieuse transparence de l'air… le paysage accordé, paisible… nul accroc… pas de fausses notes… Les minutes s'écoulent légères… on s'est arrêtés dans une auberge manger une friture arrosée d'un clos-du-château, un petit blanc sec de la région. On est là, assis à une terrasse au bord de l'eau… ça ressemble au bonheur… ce qu'on appelle ainsi… une approche… Seulement la mort est au programme… inscrite en noir. Plus rien à faire… juste un sursis dans la souffrance. Tout prend alors une autre couleur. On est trompé par le ciel. Il ment, lui aussi, comme les docteurs.

Mais pourquoi, merde ! s'arrêtent-ils devant la Pitié, ces fumiers de flics ? Qu'est-ce qu'ils mijotent encore ? Je leur demandais rien. Rien ! Je fermais ma gueule… je leur ai jamais rien pleurniché. Je vous ai dit, je garde tout pour moi… ou alors, des années et des années plus tard, sur le papier, là… en ce moment… peut-être parce qu'il faut bien arriver à tout raconter un jour ou l'autre, tout dire… que ça en vaut peut-être la peine… savoir ? Tous ces morts qui m'accompagnent, les témoins amis de mon enfance, ma jeunesse… c'est sans doute une façon un peu ridicule, dérisoire, de les faire revivre encore un peu… un instant bien fugitif dans un livre… ces quelques pages imprimées en guise de stèles funéraires.

Je vous divertissais de choses et d'autres… mes pensées gaillardes à la vue des jolies mômes… cette grotesque perquisition effectuée par des officiers de police adéquats. Je n'avais nulle intention de vous entretenir de la mort de ma mère. C'est les circonstances qui m'y obligent, voyez… Cet arrêt devant l'hosto. Je ne peux pas passer ça sous silence, je ne m'en sens pas tout à fait le droit.

– Tu voudrais bien aller la voir... hein ? Ça te ferait plaisir... et à elle encore plus !

Même l'autre s'en mêle, le Globuleux... il se retourne.

– On est pas des enculés, va pas croire...

Ce qu'il me profère... qu'il ose ! Je suis crispé, tendu. Il s'adresse à son compère. Il est d'accord qu'on me fasse une fleur, puisqu'ils ont un peu de temps devant eux. Tout simple, ils vont me retirer les cadènes, et puis ils vont m'emmener, m'escorter jusqu'à ma mère, le pied de son lit. Ils feront semblant d'être des copains. Il suffit que je leur donne ma parole d'homme que je tenterai rien pour me tirer.

– Ça serait vraiment dégueulasse de ta part !

Et tout à coup, je perds ma méfiance, la compagne protectrice de ma vie taularde, et je me mets à espérer. Je les crois, ces deux lardus... je crois au miracle ! Oh, bien sûr que je vais leur donner ma parole de rien tenter pour me barrer. Je ne suis pas fou le moins du monde. Difficile de dire ce que je ressens... quelque chose de douloureux, mais je ne doute pas. Ils vont faire ce qu'ils ont dit... je vais sortir de la 403. Ils se sont rencardés, ils connaissent le pavillon, l'étage, la salle... Au portail, sur présentation de leur plaque, on va leur ouvrir. Je me demande déjà dans quel état je vais la retrouver ma pauvre maman... Depuis cinq mois que le mal la ronge... ce qu'il doit rester d'elle, de son corps, de son visage ? J'ai peur... je vais affronter quelque chose d'atroce, de terrifiant. Elle n'était pas vieille... à peine dix-huit ans de plus que moi. J'étais son erreur, son péché de jeunesse à une époque où les mères célibataires n'existaient pas dans la terminologie. On disait alors... filles mères et elles étaient considérées comme des parias, indignes, salopes, putains ! Je suis né dans l'opprobre. Tout chez moi est expédient d'A à Z depuis le premier jour... et ça l'est toujours plus ou moins. Je m'y complais en quelque sorte. Je n'ai jamais souffert du manque de respectabilité bourgeoise. Que foutre ! J'ai vite bifurqué dans les délinquances. Ma mère n'en était pas responsable... j'avais sans doute des chromosomes louches non identifiables. Je la comprenais de plus en plus, au fur et à mesure que je m'arrachais de ce qu'on appelle avec juste raison l'âge ingrat. Avant sa maladie, elle était encore belle, coquette, avec une vie intime dont je me souciais pas... que je cherchais pas à connaître. Tel est mon caractère. Elle avait bien eu raison de sa coquetterie, de ses jules... du peu qu'elle avait pu encore prendre avant que le crabe ne l'attaque... cet horrible mal.

– Te presse pas...

Il me retient, le Globuleux. J'esquissais un geste... lui tendais déjà les pognes pour qu'il me retire les menottes. Il me balance en pleine poire son rire de dents jaunes à la nicotine... Minute papillon ! Je les ai pas très bien compris... Faudrait pas que je me paluche qu'ils vont me faire un bouquet pareil sans aucune contrepartie ! D'accord, ils sont bons, mais je me figure tout de même pas qu'ils seraient bêtes en plus.

– Tu ne peux pas mettre en balance ta mère et l'enfoiré que tu couvres...

Bon Papa a pris le relais. Je reste saisi... je l'écoute, mais d'une drôle de façon, ses paroles me parviennent comme si elles étaient un peu irréelles. Pas Dieu possible, ils ont tous les vices de l'enfer ces tantes ! Je me demande si c'est un progrès qu'ils puissent déjà plus nous avoiner la gueule comme naguère, nous tabasser à mort pour nous faire accoucher. En les emprisonnant comme ça dans le carcan des droits de la personne humaine à respecter, on les oblige à innover, à trouver beaucoup mieux dans les méthodes investigatrices... à fignoler dans la vacherie. On se prend alors à regretter les chaussettes à clous de la Belle Époque.

– Ton lascar, on sait qui c'est. On le piquera ailleurs de toute façon...

Ils me donnent des détails... Certes on joue un sérieux jeu de cons. Ils savent tout, mais sans moi, sans que je m'allonge, ils ne peuvent rien prouver. Ça, ça les enrage. Ils touillent dans la plaie avec délices… que cet autre, mon joli complice, c'est une fieffée ordure… qu'il vaut pas un petit coup de cidre aigrelet ! Si je suis à la coule ! Je n'ai plus aucune illusion sur son matricule. Depuis cinq mois déjà que je suis en carluche, que je déguste seul l'addition, ce porc ne s'est pas manifesté, ne serait-ce que par un coup de fil à mon avocat. On ne peut pousser plus loin la dégueulasserie, la lâcheté. Il ne remuera pas tant qu'on ne lui foutra pas une lame aiguisée, pointue sous la gorge, le canon d'un flingue sur son gros bide. Il ne comprend que le langage des parabellums… les dialogues à coups de Beretta. C'est du superflu tout ce qu'ils dégoisent. Je les écoute plus mes deux enquêteurs de cœur. C'est plus la peine qu'ils se fatiguent. Je voudrais surtout maintenant qu'on en finisse.

– Emmenez-moi…

Ils se regardent… ils ne comprennent pas bien encore !

– Où on doit aller… à la Brigade, je suppose…

J'ai du mal à articuler, je jacte bas avec une crampe au fond de la gorge. Il vaudrait mieux qu'on fasse vite… que la 403 fasse sa marche arrière… qu'on s'arrache, qu'on fonce vers le square Saint-Lambert.

– Comme tu voudras…

Le Globuleux fait signe au chauffeur de démarrer. C'est un butor abominable, mais son métier a fini par lui donner une sorte de psychologie, il a pigé que c'était classe, qu'il perdrait son temps d'insister. Je penche la tête en arrière, j'avale toute ma salive… je serre, je serre les dents tandis que la voiture manœuvre. Une ambulance passe devant nous. On entendrait certes pas voler une mouche, avec les bruits de la rue… mais n'empêche, à l'intérieur c'est tout comme. Je suis en train de vivre un de ces instants où les choses, on dirait, se cristallisent… où tout devient d'une intensité incroyable… un de ces moments qui vous marquent… dont on garde une douloureuse cicatrice. Voilà, j'arriverai au bout de mon parcours, l'âme bardée, couturée. C'est dans la nature des choses de mourir toute illuse perdue, complètement désespéré. Ça doit aider en un sens... on s'en va mieux... en ne regrettant que le goût du pain et de la fesse. C'est déjà beaucoup.

Bon Papa, je le sens gêné aux entournures, il est pas si fier de son travail de flic. Je devrais avoir envie de le tuer lui et son sale petit compère... même pas. Je suis à vide. Je n'arrive pas à réfléchir. La vérité je ne la vois pas encore très bien... Je me suis fait coincer par ma faute dans cette situation sans issue. Je devais être encore naïf... j'aurais dû m'attendre à tout... aux traitements les pires.

– Tu veux une cigarette ?

... peut-être un remords... il m'offre une Gauloise. Je me paye le luxe de la lui refuser, pourtant je fume encore à cette époque, et je crache depuis lurette dans mon mitard. Seulement je ne veux pas mordre la poussière... mon orgueil sera le plus fort. Il faut que ça me serve tout ça... que je me trempe bien le caractère au jus de taule... que j'encaisse toutes les vacheries, les cloporteries des uns et des autres, de ceux qui m'enferment et de mes compagnons d'infortune... et un jour, dans quatre ou cinq ans, je sortirai comme une lame de ce cloaque.

Le trajet... je ne me souviens plus s'il m'a paru court ou interminable... Je n'avais plus le goût à lorgner les filles. Me voilà à leur siège, en face du square... le P.C. de la Brigade. De l'autre côté, c'est la rue Théophraste-Renaudot... je m'en suis rendu compte plus tard en allant voir le cher Albert Simonin... Le hasard me jouait-il un tour... savoir ?

Sans commentaire, ils m'ont balancé au violon, mes deux joyeux perdreaux... fallait tout de même qu'ils aillent se restaurer, ça ne leur avait pas coupé l'appétit, leur petit chantage. Avec mes mille huit cent soixante balles, moi, je pouvais m'arranger avec le mannequin de garde pour me payer un casse-dalle, de la bière et des pipes.

Je ne sais pourquoi, il me lourde, cet abruti, avec un clodo puant... un débris humain qui grogne au fond de la cellule. Il va hériter de mon sandwich, je n'ai pas faim du tout. Depuis huit jours au mitard, j'ai pris l'habitude de jeûner.

– T'as pas une pipe ?

Je vais le faire fumer en plus cet affreux, mais je voudrais surtout qu'il se taise... qu'il ne me remercie pas surtout, personne ne doit me remercier !... qu'il m'hoquette pas ses malheurs entre ses chicots pourris. Il est là comme un châtiment vivant avec son odeur de pisse, de crasse, de dégueulis. J'aurais vraiment eu besoin pourtant d'être seul. Je suis comme un boxeur sonné, K.-O. debout. Un boxeur qui s'accroche, qui veut absolument tenir jusqu'à la fin du round. Je m'appuie contre les barreaux de la porte. Je me rends même pas compte du froid... Je reste sans bouger un moment.

– Ça va pas mon frère ?

... ah, oui ! Je suis son frère à ce malodorant. Il a éventré d'un coup de surin sa dame quasi légitime pour une histoire de litron de rouge... Il me raconte... il avait bu, mais il ne regrette rien, c'était une salope ! C'est en somme un crime passionnel. En dehors de ça, il est pas méchant. À moi il ne me veut que du bien... savoir si j'ai pas un malaise ! On est tous les deux dans la pénombre... Ça me devient de plus en plus difficile de *tenir*, de ne pas m'effondrer moi aussi, ne pas me vautrer avec lui dans la merde. Et pourtant, là, ça me taraude, m'obsède dans la tronche... que si je veux m'en sortir, il n'y a vraiment pas d'autre solution, il faut que je me raidisse et que je tienne envers, contre tout et tous... les remugles de chiottes... les frères assassins de ce gabarit... le froid, l'humidité, la triste gamelle du chtard... les coups de latte, les coups de bambou ! Ne pas m'abaisser pour un mégot. Rien. Dire non. Leur odieux piège aux poulagas... leur traquenard... Je ne pouvais pas faire autrement que de refuser leur proposition... c'était pas possible sans me ravaler, tomber si bas que je n'aurais jamais pu me relever.

– Ta gueule !

Ce que ça veut dire promiscuité. N'est-ce pas, dehors, les clochards sont poétiques... on en fait des rimes dans les chansons réalistes. Tout devient différent quand on se les coltine... se les respire. Je lui hurle... ça me soulage ! Assassin pour assassin autant qu'il se lave le cul, les dents... un assassin bien élevé qui ne bâfre pas les paluches encore pleines de sang ! On en arrive à se contenter de peu en galère... Ce peu qui vous est si minutieusement compté.

– Qu'est-ce qui se passe là-dedans ?

L'habillé, son képi surgit derrière les barreaux. Il s'inquiète, il m'a entendu brailler.

– Je pourrais pas être dans une autre cellule ?

Une marque de son infinie bonté. Bien sûr, il ne peut pas... le règlement. Il a pas reçu d'ordre. On se figure pas, en liberté, combien cet univers d'au-delà des murs est sous la férule d'une administration tatillonne, apeurée, rigide. Les hommes ne sont pas obligatoirement féroces, mais la machine administrative les décervelle... les rend parfaits robots.

– Tenez-vous tranquille, sinon moi, je vais faire un rapport au commissaire.

– J'y ai rien fait, m'sieur l'agent !... Il est malade, ce mec-là !

Exact... il me pèse simplement ce nave meurtrier clodo ! il m'asphyxie ! il me sort par les naseaux, par le trouduc ! J'ai eu tort de demander une faveur à ce flic en uniforme. Dans la situation où je suis, il faut rien, jamais rien réclamer... quémander... « solliciter de votre haute bienveillance » selon la formule obligatoire lorsqu'on écrit au directeur d'une prison.

Je vais m'asseoir sur le bat-flanc, au fond de la cellote... me recroqueviller dans l'ombre pour attendre. Il a compris, mon frère criminel, il reste lui aussi sans bouger, près de la porte. Il moufte plus, il fume mes cigarettes.

C'est Bon Papa qui me raccompagnera ce soir à l'auberge fresnoise, avec un autre que j'ai jamais vu... un poulaga sans intérêt. Tout l'après-midi ç'a été le feu roulant de leurs questions... machine à écrire à l'affût. Bon Papa, Globuleux et quelques-uns de leurs collègues menaçants, doucereux, persuasifs, postillonneux, puants de la gargue... et avec encore des preuves, des dépositions de témoins... J'ai raconté ces choses ailleurs. Ils savent maintenant que je n'en dirai pas davantage... Je prends tout sur moi... le maximum. L'homme courant d'air, je ne le connais pas. S'ils avaient une chance que je le leur livre, c'était ce matin, l'occase, devant l'hôpital. Il est trop tard. N'importe, ils ont des rapports à taper... des paperasses encore à me faire signer. Il faut qu'ils fassent leur métier, c'est tout... qu'ils gagnent l'argent que l'État leur verse chaque mois.

Pour une fois je suis jouasse d'arriver au chtibe, au vrai... au greffe. C'est là qu'ils me larguent légalement Bon Papa et son congénère... qu'on me repasse au piano... ainsi appelons-nous la cérémonie des empreintes digitales...

Bon Papa signe un dernier papelard... il me rend sain de corps et d'esprit à la garde du directeur de la maison de correction et d'arrêt. À présent, s'il m'arrive des bricoles, qu'on m'éborgne ou qu'on me coupe les burnes, lui il est hors de question, il est à l'abri des complications... voilà : dix-neuf heures cinq minutes sur la feuille de route... à dix-neuf heures six, il se lave les pognes de ma personne humaine. Depuis l'intermède de la Pitié, le Bon Papa, je le sens moins ferme à mon égard. Tout à l'heure, pendant les interrogatoires, il avait moins le cœur à l'ouvrage. Il range ses menottes dans sa poche.

– Tu sais, des fois dans le métier, nous autres, on trouve les truands plus sympathiques que les plaignants...

Il me dit ça tout à trac. Je suis en train de m'essuyer l'index au chiffon crasseux prévu à cet effet près du registre. Il ouvre la porte du greffe, il remet son galure, il se retourne encore une fois.

– Bonne chance tout de même !

Je lui en demande pas tant. Je le regarde sans rien dire. Aujourd'hui, il n'a pas eu le si beau rôle et il en a conscience, il voudrait sans doute se rattraper, dire quelque chose pour rester dans mon esprit un peu moins dégueulasse. Ça l'empêchera pas pourtant de me fader dans ses rapports. Il me reste juste cette minuscule satisfaction de le regarder sans lui répondre, d'avoir aux lèvres un petit sourire qui s'efforce d'être méprisant.

Je redescends au mite, la cellule disciplinaire... la prison de la prison. J'y suis pour quinze jours... une salade de correspondance clandestine interceptée. À l'origine de tout ça, bien sûr, un petit camarade balançoire. Sans la délation permanente, la vie en cabane, je n'irais pas jusqu'à dire que ça serait de la nougatine, mais enfin on respirerait parfois un peu, ça serait pas le cloaque absolu. Pour nos anges gardiens, certes, c'est du nanan, ils se régalent, eux, ils peuvent presque dormir sous leurs belles casquettes étoilées... tout leur parvient... les projets d'évasion, les petits trafics de toutes sortes, les amours homosexuelles.

Je rends mes fringues. Me revoici en hardes, une tenue de droguet trop courte, étriquée, effilochée, avec aux pieds des espadrilles gluantes. On me reboucle... la grille d'abord et puis la porte, avec une gamelle de soupe aigre et froide. C'est à six plombes la distribution... je m'imaginais tout de même pas qu'on allait me la faire réchauffer au bain-marie !

Le maton referme hargneux les deux lourdes derrière moi. Je l'ai dérangé dans quoi au juste... sans doute pas dans la lecture d'*À la recherche du temps perdu* ! Celui-là, je l'ai repéré. C'est un borné aux yeux enfouis sous d'épais sourcils, sous la visière de sa deffe... il claque les portes avec rage, il fait jouer sa clef en furie. Sans doute a-t-il rêvé d'autre chose dans son enfance comme carrière... qu'il serait pilote comme Mermoz... vedette de cinoche comme Gabin... qu'il épouserait une riche épicière pour le moins... et il est là gardien, pire qu'au zoo de Vincennes où au moins il prendrait l'air. Je l'entends s'éloigner... le silence s'installe. Je suis seul enfin, je vais pouvoir piquer le dix à en tomber de fatigue sur ma paillasse. Ça veut dire marcher de long en large piquer le dix... comme un animal en cage.

Ma mère, que fait-elle dans son lit à la Pitié ? Peut-être nos pensées se retrouvent-elles quelque part. À moins qu'elle ne souffre trop pour fixer son esprit... ou bien qu'ils l'aient ensuquée suffisamment, qu'elle soit déjà presque morte. Était-elle capable de me reconnaître si j'avais accepté le marché sordide des flics ? J'aimerais croire que non. Qu'est-ce que ça aurait changé pour elle ? Incapable de répondre. Mais ça me tourmente... je remâche sans cesse, je retourne le problème. Il n'y avait pourtant pas d'autre solution. Il fallait que je dise non.

Ma mère... je cherche son premier visage. Le souvenir le plus lointain. Chez mes parents nourriciers, les Chaminade dans le Loiret. Une véritable apparition dans mon fond de cambrousse. Une jolie jeune femme qui sort d'une voiture arrêtée devant la maison. C'est ça, mais c'est à la fois très flou et pourtant très réel... Un parfum me remonte, quelque chose de tout à fait inhabituel à mes narines de petit bouseux qui ne respirent que les odeurs de la terre et des animaux. La jolie jeune femme me prend dans ses bras, elle m'embrasse... Elle m'a apporté un ours en peluche... Oui, c'est ça, un ours que je dois regarder sans bien comprendre à quoi il peut servir.

– Ben, embrasse la dame ! C'est ta maman.

Je devais être plutôt farouche, crispé, pleurnicheur. La mère Chaminade m'excusait... Elle, ce n'était pas le genre câlinou, embrassades... Une rude campagnarde qui menait sa marmaille rondement. Pour jouer, j'avais mieux que tous les nounours en peluche des grands magasins... un chien véritable qui m'aimait... un griffon... et puis des petits chats, des chevreaux. J'ai dû déjà la décevoir, ma pauvre mère... elle a dû me trouver butor, péquenot sournois. Je pouvais pas lui faire fête comme ça... j'étais trop impressionné. Ça m'est devenu comme une seconde nature... d'emblée je suis pas très affectueux.

Et la voiture sur la route... une automobile, on disait... c'était quoi ?... peut-être une de ces fameuses Panhard Levassor... C'est vague, vague dans les tréfonds de ma mémoire. Le type au volant... est-il sorti ? En tout cas, il n'est pas entré dans la maison, ça j'en suis sûr... je m'en souviendrais... Tout ça a été rapide, il me semble... l'homme devait être pressé.

La mère Chaminade, le soir à la soupe, elle a fait des commentaires... des drôles de réflexions à propos de ce monsieur, de la voiture aussi et puis de l'argent que ma mère lui avait laissé. J'avais vu... des billets comme ceux qu'il y avait dans une boîte en fer au-dessus de la cheminée... une boîte de cacao.

Le dab, Auguste, il écoutait en lapant sa soupe... longtemps j'ai lapé comme lui ma soupe, il a fallu encore que je me batte pour me débarrasser de cette manie... Il ne commentait pas, il hochait de temps en temps la tête. Dans le ménage, c'était la patronne qui tenait la bourse, qui décidait, qui parlait toujours, lui il se contentait d'acquiescer de sa grosse moustache noire.

Dans mon mitard, les heures s'égrènent, je fais revivre ces ombres familières. Ils sont morts les Chaminade à la tâche, usés par les gros travaux... et ma mère, maintenant, il vaudrait mieux que ça soit déjà fini pour elle. L'hôpital de la Pitié, la salle commune... le lit de douleur... un corps ravagé qui lutte on ne sait plus pourquoi. À peine trente ans séparent la belle fille qui sort de la voiture et cette femme qui ne peut plus que souffrir. L'ellipse... toute une vie. Je suis tout ce qui reste d'elle, moi, dans cette cellule du bout de la taule, guenilleux, grelottant avec ma galtouse de soupe froide que je n'ose pas toucher.

– Faut te coucher, toi... Allons, grouille-toi !

Le maton vient de cogner d'un violent coup de clef dans la porte. Après ce qu'on appelle la fermeture, la remise à chaque puni de sa paillasse et de sa maigre couverture, le règlement prévoit qu'on se pieute, qu'on ne bouge plus que pour pisser. Certains gaffes s'en foutent qu'on déambule dans la cellote puisqu'au fond on ne les dérange pas... celui-là, je vous ai dit, c'est un teigneux. Bien obligé de lui obéir. La paillasse est un peu moite... beau me recroqueviller sous la couverture, je n'arrive pas à me réchauffer, je claque des dents, je frissonne de partout. Ça devient difficile comme ça de poursuivre mes songeries... de me raccrocher à des images qui me parlent au cœur. Et alors, j'ai le sentiment très précis, là, à cet instant, et ça va me rester pour toujours dans la mémoire, de ce qu'on appelle *toucher le fond*.

Ma mère est morte quatre jours plus tard. Un brigadier, un rougeaud embarrassé de ses grosses mains, est venu m'annoncer la nouvelle... et aussi que, en raison de ce deuil, monsieur le directeur avait la bonté de me faire grâce de ce qui me restait de jours de mitard à tirer.

– Faudra lui écrire une lettre pour le remercier. Vous savez écrire ?

Oui, chef, je commence. Je refais même mon apprentissage en trempant ma plume dans l'encre de l'humiliation.

Voilà... Avec ma malle à quatre nœuds... je suis remonté en division. À l'hosto, souventes fois, j'avais vu l'empaquetage des morts... Les brancardiers qui balancent le corps comme du linge sale... qui plaisantent gras... le clope à la bouche, le calot sur l'œil. Mon expérience ne m'épargnait rien.

Cellule 412. Deux occupants déjà assis sur leurs paillasses repliées. Un torve gringalet tireur de sacs à main et un gros homme aux cheveux tout blancs, un chevalier du chèque en bois et de l'abus de confiance. Il ne me laisse même pas le temps de m'installer, reprendre un peu mes esprits, il faut absolument qu'il me raconte ses exploits... qu'il a de hautes relations... des ministres, des chefs d'industrie... qu'il lui suffirait de faire un geste pour que les grilles de la prison s'ouvrent à deux battants.

– Seulement, moi, vous comprenez, je ne veux rien devoir à personne. J'ai ma dignité et tant qu'on a sa dignité, on les emmerde tous, n'est-ce pas ?

Il veut que je l'approuve. Je ne demande que ça, si ça peut le faire taire.

OUTRAGE AUX MŒURS

J'étais là, dans le box, en correctionnelle une fois de plus. J'attendais. On attend toujours avec la justice, dans les couloirs, dans les placards de la Cellulaire, dans la puanteur aux *Trente-Six Carreaux*, devant les portes à l'instruction... partout ! Sur le banc d'infamie entre mes deux municipaux, j'étais pas trop mal, accoudé à la rambarde. Il faisait tiède, je laissais glisser le temps sans trop me cailler le sang dans les veines. C'était une chambre plutôt bénigne, on y juge en général des bricoles... bris de clôture, vols de draps, bagarres entre chauffards, des diffamations plumitives ! J'étais seul prévenu enchristé. Les audiences, ça commence toujours à treize heures tapantes. C'était peut-être alors midi, la salle était vide à part moi, mes deux gardiens et le brigadier qui lisait *L'Aurore* dans le coin sur la banquette. Je pensais à quoi ? Au juste, je sais plus... Je rêvassais sans doute à de meilleurs jours où je lutinerais, calcerais la bergère à l'écart de son blanc troupeau sous des ramures verdoyeuses. Ça me faisait, au fond, ce procès, une diversion, un jour un peu moins monotone dans mes quatre piges encore à tirer. J'allais morfler une amende et voilà tout ! Je la paierais plus tard, j'étais plus à une amende près ! Par la fenêtre, je voyais la neige de décembre qui tombait.

Une porte derrière le tribunal s'est ouverte. Voici un homme de robe qui se pointe, un petit chauve, monsieur le Greffier. Il va consulter à son pupitre la pile de paperasses. J'entends le frétillement des feuilles bleues.

Voilà. Il jette un coup de châsses. Vers le box. Étonné, il me semble... il rezyeute ses faffes puis mézig. Il prend le dossier, il vient vers moi, il m'interroge, s'inquiète. On m'a mis au trou pour si peu, il se fige dans la stupéfaction ! Je lui trouve le regard bien caressant à ce Greffier... la câline lueur pédoque de ces gonzes qui vous frôlent à la dérobade dans les pissotières. Alléché, il est, par mon motif. « Outrage aux bonnes mœurs. » On n'emprisonne pas pour si peu... surtout que c'est par voie écrite... littéraire en somme ! Oh ! Je l'intéresse ! Mes gardes aussi ça les extirpe de leur torpeur bovine, sous le képi leur œil s'allume. Ils se penchent quand je réponds au petit chauve. Je suis enchtibé pour des choses un peu plus graves. Je me suis servi d'un autre genre de plume pour me la faire grasse et crapuleuse. J'élude, j'abrège, je minimise les faits, je me résume en quelques gracieux euphémismes. Une sorte de reprise individuelle que je pratiquais. Je l'interloque un peu le chat fourré.

– Vous n'avez vraiment pas l'air... n'est-ce pas... d'un... enfin... je suis très surpris !

Il a la voix suave, chuchoteuse, sucrée... Ses lèvres s'arrondissent sur les *o*... Certain à présent je suis, convaincu qu'il n'a pas sucé dans son existence uniquement des esquimaux Gervais dans les cinémas de banlieue. En tantouses, je commence sérieux à m'y connaître, à devenir expert... nos Maisons d'Arrêt, de Correction, nos Centrales... de quoi s'éduquer joyeux le chibre, se le détourner du but terre à terrement procréateur.

Je l'époustoufle, ce cher homme. Il me trouve pas le physique à aller mettre les lourdes en dedans. Ou alors il se gratte un peu ? Il me cherche des circonstances atténuatrices... l'enfance miséreuse, le manque d'éducation chrétienne, les mauvaises rencontres ? Et puis n'est-ce pas ce livre, j'ai tout de même fait un certain effort pour l'écrire, ça prouve malgré tout que je peux me recycler si je me mets en quête de sujets un peu moins scabreux ! Je lui accorde, j'acquiesce... moi, avec les gens de robe, je leur file le train à la morale, je regrette mes fautes, je le ferai plus, j'écrase, m'aplatis. L'orgueilleux prévenu, tête haute, verbe vengeur, ils apprécient modérément, je sais de quoi je cause, j'ai tout appris hors des écoles, des ciné-clubs, des œuvres complètes de nos penseurs.

Enfin, bref, il me trouve tout de même sympathique le Greffier. Si toutes les gonzesses du Lido me dévisageaient comme cézig, aussi langoureux, sans vénalité, j'écrirais plus exclusif que dans le style Casanova. Là, j'ai beau être très à la bourre d'affection, il me laisse en cravate dans le bénard ! Son caillou tout déplumé, son petit bide, sa face blafarde, ses mains potelées ! Je me coince dans l'amabilité de principe. Je lui explique un peu cet ouvrage... *Prisonnières de la chair.*

J'ai tartiné ça en sanatorium pendant les cures pour une somme forfaitaire assez dérisoire. À l'Assistance médicale gratuite, on touche bien mensuellement seize paquets de Troupe et mille balles, ça vous permet pas tellement de s'offrir des magnificences. Il comprend, compatit sur mes pauvres poumons en dentelles. Il se doutait bien que j'étais pas un cas ordinaire. Mais faut qu'il rebarre à ses dossiers, qu'il classe, organise ; l'audience ne va plus tarder. Il va refeuilleter puis ressort par où il était venu, la petite lourde côté tribunal. Mes cipaux sitôt s'esclaffent. J'ai le tickson alors sévère avec Brigitte. Ainsi qu'on le surnomme chez les gardes. S'il est célèbre au Palais, partout à Montparnasse, tous les endroits où ça joyeusement pédale ! Une très grande fofolle, je m'en gourais dès qu'entraperçu !

– Surtout nous qu'il nous aime bien, rapport à nos uniformes. Il a traficoté, y'a pas six mois, avec un de nos brigadiers, un Noir, un Martiniquais. V'là ce que c'est de leur donner du galon à ces cocos-là !

Ce qu'il conclut, et ça l'outre mon cipal de gauche. Il a l'accent roulant de la Sarthe. Oh ! ça le dégoûte des trucs pareils ! On n'a pas idée ! L'autre est un peu plus à la coule, le gros à trogne rouge, boudiné dans sa tunique. Il a fait l'Afrique, le Tonkin dans l'infanterie coloniale.

– Y'en a bien qui se tapent des canards.

Il a vu ça de ses propres yeux porcins. À Cholon derrière *Le Grand Monde*! Peut-être même qu'il en a tâté un chouïa, glissé lui aussi une petite paire à l'innocent volatile. Ça les intéresse tous les deux vivement ce livre dégueulasse que j'ai écrit. Le gros, il me demande – comme ça tout à fait entre nous – où qu'il pourrait se l'acheter mon petit chef-d'œuvre. Il l'imagine sérieux salé vu l'endroit où subséquemment ça m'a entraîné entre lui et son collègue. Ils reniflent tous les deux, les salingues, les arpions malpropres, la sueur, le cuir... ce mélange odoriférant des gendarmeries. J'aimerais, d'une phrase nette tranchante, les envoyer se faire faire des gâteries inédites par les fellouses puisque c'est l'époque « Je vous ai compris » de notre général-Président... Même cette mini-satisfaction ne m'est pas permise ; je supporte tout, leurs panards, leur connerie, avec un sourire fatigué.

Au-dessus du siège de l'accusation, les aiguilles de la grosse pendule ont tourné. Voici treize heures et le tribunal. La sonnette. Ils entrent queue leu leu, le président, ses assesseurs, le proc. On se lève. Les cipaux saluent. Les portes s'ouvrent pour le public. Je raperçois Brigitte qui se glisse, furtive, à sa place sous le tribunal. Pas lerche d'assistance, c'est un jour tout venant minable. On n'y reluque pas la blonde incendiaire excitée par le sadique assassin... les admiratrices du cher maître, les supporters de la cause perdue !... Le banc de la presse est vide. J'attire rien, je suis le délinquant récidiviste inconnu. Dans la salle voici mes complices : Armand, sa femme et leur employé qui forment à eux trois la S.A.R.L. coupable, les Éditions artistiques réunies. À Pigalle, au fond d'une impasse, leur siège social, le dépôt des bouquins. Le bureau est au-dessus, juste attenant à la cuistance où Madame fait ses fritures... le poiscaille... les choux-fleurs ! Les clébards aussi, j'oublie, leurs deux loulous de Poméranie aboyeux jalminces, hargneux. Je leur filais en douce de sévères coups de latte quand je me retrouvais un instant seul avec eux. M'sieur Armand, son vice, c'est la dive, les boutanches de blanc, les tournées interminables aux rades alentour. Je le frime et frémis. Il a déjà son compte, l'enfoiré ! Germaine l'aide pénible à s'asseoir. Il est tout mol sur ses cannes, l'œil vitreux. Il me fait un geste amical.

Il se penche en avant, se retient, rebarre en arrière. Ça laisse présager notre procès dans la tocardise maximum. Il aurait pu pour aujourd'hui se mettre à l'Évian. Toujours avec les éditeurs, d'une façon l'autre, j'ai eu des ennuis. Là, mes premières armes littéraires, ça débutait vous voyez comment... Je signais, faut dire, d'un pseudo. C'était en somme un faux départ. Germaine, elle m'a lancé un regard tout à fait navré, impuissante à l'empêcher de boire son bonhomme. Il planque les bouteilles, il s'échappe, il l'envoie aux pelotes ! Elle s'est mise pourtant sur son trente et un, chapeautée, gantée et son manteau col de renard, mode 37... l'Exposition, l'époque où ils se connurent. Elle m'avait raconté un jour. Il se poivrait pas alors Armand, il dansait le tango, le paso doble, il avait du charme, de la distinction, l'œil velouté, la mèche brune ! Je pouvais plus, bien sûr, me rendre compte, comparer... j'étais pas à même.

Les guignols s'étaient installés à leurs sièges. Le président mince, raide, chevelure blanche, lunettes fine monture. Ses assesseurs eux s'estompent dans mon souvenir... vaguement deux vieillards pas très engageants, pas tellement affables. Les bêcheurs non plus, en face, un petit sec à poil noir, le regard vif, aigu, prometteur de guillotine, d'années de ballon, d'amendes diverses, de trique, de relègue, un regard pas regardable vu mes conceptions tordues de l'existence.

Vite fait, une bonniche à tête d'arriérée s'est vue sapée de six mois sursis pour vol de l'argenterie de ses patrons. Ont suivi quelques affaires d'accidents de la route, longues, emmerdeuses, compliquées.

Armand, dans la salle, il avait pas l'air d'avoir retrouvé tous ses esprits. Lui que je surveillais. Je subodorais l'incident, le scandale à l'audience, ça ne pouvait que me retomber à moi finalement sur la gueule. Ça n'a pas loupé, dès le départ, l'interrogatoire d'identité. Il a dégrafé sa cravate. « Vous permettez, m'sieur le président, y fait bien trop chaud ici. » Lubary, mon défenseur, selon sa tranquille habitude était en retard. Il est arrivé juste à ce moment-là. On a beau dire des avocats, on se raccroche à leur roupane quand on est à la dérive sur l'océan des procédures. Il s'est installé, calme, superbe, devant moi après m'avoir négligemment serré la pogne.

Le président n'appréciait pas la désinvolture d'Armand. Ça le disposait pas indulgent. À la lecture de mon pedigree, s'il a pris le ton sec au rasif.

– Vous êtes détenu pour une autre cause. Votre casier judiciaire est déjà bien lourd !

Et d'énumérer, de s'appliquer, d'insister sur mes sapements... Alors voilà, pour tout arranger, je porte atteinte aux mœurs, je tartine sous le pseudonyme de Lucie Desvallière dans la pornographie, j'incite à la débauche mes prudes contemporains !

Je bafouille, j'avais pas l'intention, j'ai écrit ça pour me distraire. Publié aux Éditions artistiques réunies j'ai pas beau schpile, mon argument tombe à plat.

Armand Gourdier, son papelard s'il est signifiant dans le secteur cochon ! Poursuivi, plusieurs fois condamné, interdit à l'affichage ! Depuis vingt piges il est connu, étiqueté sur place. Suffit de consulter d'ailleurs son catalogue. Ce choix édifiant ! *L'Amour en trente-deux leçons ! Les Grandes Ardeurs ! Supplices asiatiques ! Voluptés interdites ! La Reine des garces ! Technique secrète du vice ! Les Mémoires d'une strip-teaseuse ! Ardentes*

Libertines ! Rien que des titres de nature, paraît-il, à choquer la pudeur du lecteur catholique apostolique. Et Dieu sait qu'il est chasseur actif, celui-là, de licencieux littéraire ! S'il traque les coïtus interruptus, l'amour en levrette, à la duc d'Aumale ! les feuilles de rose et les têtes à l'étau ! Pourvoyeur des correctionnelles en satyres de plume ! Un de ceux-là qui nous vaut notre comparution, un papa démocrate-chrétien. Il a surpris son fils mineur se livrant à l'onanisme d'une main tandis que l'autre, la gauche, tenait en ses doigts mon ouvrage. Il aurait mieux aimé le voir mort à ses pieds que coupable d'un pareil péché mortel ! S'il a foncé alors au chagrin, ce père de famille outragé, chez les lardus, dénoncer le libraire criminel. Remonter ensuite jusqu'à m'sieur Armand, sa S.A.R.L., puis mézig, l'auteur, le responsable n° 1 du forfait, un jeu d'enfant policier ! Hop ! on m'a trouvé tout chaud, déjà sous clef, prêt au prétoire !

Je ne nie rien, j'aurais mauvaise grâce ! Je conteste juste, je nuance un peu. Ce petit bouquin, une amusette somme toute, quelque chose d'assez inoffensif, si l'on considère un instant tout ce qui se publie, s'étale en vitrine, ce qu'on voit dans les salles obscures déjà à cette époque. Je cite aucun nom, aucun titre, c'est pas mon genre. Je fais remarquer que ça dépend surtout de l'éditeur les poursuites en outrages. Sous le label Gallimard, Grasset, Plon, Denoël… on dévoile pas mal de membres en érection, de glands décalottés, de vagins baveux. On y dépeint de sacrées turpitudes ! Nous autres, aux Éditions artistiques réunies, dans un sens on serait beaucoup plus réservés, on se la donne sévère des pudeurs outragées. M'sieur Armand, il a beau être poivre défoncé dès le premier bulletin d'information à Luxembourg, pour ce qui est des passages glandilleux dans ses publications, il a le coup de sabord décisif… comme un sixième sens, un Huitième Art ! Pas de chatte, pas de chibre, pas un poil de sec ni d'humide ! Il est là-dessus impitoyable.

Faut se démerder, nous, ses plumitifs appointés, se défoncer le caisson à la recherche de la métaphore aguichante, l'allusion doucement coquine ! dégauchir l'allégorie adéquate ! l'antiphrase chargée d'érotisme ! Ce turf ! J'ai appris pas mal, au fond, chez m'sieur Armand question belles-lettres, j'y ai fait mes classes. Si un jour j'aboutis sous la Coupole, je l'oublierai pas dans mon discours de réception. Bref, on avait beau se triturer les méninges à mort, on était bonnards d'avance, guettés galeux par la Mondaine, rôtis cuits pour les attendus péjoratifs des juridictions.

Toujours la fable... j'ose, je suggère avec tout le respect dû, qu'il y aurait alors deux poids. Notre clientèle, j'explique un peu, c'est plutôt du lecteur loquedu. M'sieur Armand il fourgue surtout sa camelote dans les casernes, les gendarmeries... sur les marchés, aux Puces, dans les librairies-merceries de banlieue ! Il imprime jamais sur papier Japon. J'admets, je peux guère faire autrement, la polissonnerie de mon ours, mais je souligne son côté démocratique.

L'érotisme de bon aloi à la portée des classes laborieuses, des économiquement faibles, ce à quoi je tente. Maître Lubary saisit l'aubaine, il m'arrache le relais ! Cette affaire l'intéressait modérément jusqu'ici. Je lui dois aussi un peu de pognon, il faut dire, mais là, il est ressaisi par la passion du métier, il se branche brusque, la cause le pique. Démarrage sur les chapeaux de roues ! Le ton ironique, plaisant, mondain, spirituel. Il s'amuse. S'il fait sourire les guignols c'est dans la fouille ! La Démocratie, le déclic ! Il en appelle aux grands principes. Y aurait-il alors certaines licences autorisées pour les gens d'Auteuil, de Passy, les riches, et interdites au prolétariat ? Il interroge. « Allons, messieurs ! »

Il s'envole des manches. Armand, ça le dessoûle un peu, il écoute, il s'écarquille, il s'attendait pas ! Son avocat à lui, c'est nettement le gabarit au-dessous, le bafouilleux quelconque, bigleux du dossier, endormeur debout des magistratures assises. Lubary, pardon !

Quand il attaque sa chansonnette, ça devient l'Opéra tout de suite. Je l'ai assez dépeint, fignolé dans *La Cerise*, je vais pas encore vous le rabâcher. Toujours est-il qu'il a trouvé l'ouverture pour assumer ma défense.

Il enveloppe deux coups les gros les débats, il tire la berlue ! Mon ouvrage, il ne le trouve pas libidineux du tout, lui, un peu simplement gaillard, poivré, rabelaisien ! Ne sommes-nous pas en France que diable ! que diantre ! On a toujours pincé les fesses aux accortes lingères au bord des rivières ! La Madelon, en nous servant, laissait entrevoir ses appas ! À la claire fontaine, traditionnellement les beaux capitaines courtisaient les pucelles ! Il me balance même les toutes premières fleurs de ma carrière. Il me dénie pas un certain talent, une certaine allégresse de plume ! Il ne comprend pas du tout ce procès alors que le sexe triomphe jusque dans nos publicités, sur tous les murs de nos villes ! Le pacsif ! Je me crois déjà hors, acquitté, sauf, félicité du tribunal pourquoi pas ! Armand pavoise de toute sa trogne. Germaine, je la sens guillerette. Même l'emballeur Jean-Jacques pourtant de gueule si inexpressif, il a l'air un peu moins amorphe. C'est le style, lui, vieux zazou. Il a conservé la coiffure de ses vingt ans, les cheveux en plaque lustrée sur les côtés, la houppette frisottée au-dessus. À la longue, elle se déplume la houppette, elle se clairsème. Bon, c'était trop tôt de se la faire triomphante. Les maîtres éloquents marioles, ça suffit pas, faut croire, chez Madame Thémis.

Le procureur, dans sa contre-attaque, il a tout de suite remis les choses au point voulu : « L'auteur, comme l'éditeur, ont agi, Monsieur le Président, dans un but de lucre facile ! Ces gens-là exploitent les sentiments immoraux d'une certaine clientèle de dépravés. »

À sa façon s'il me l'épluche mon chef-d'œuvre ! Une succession de scènes lubriques ininterrompue ! Un minimum de liaison nécessaire pour décrire de façon cohérente la vie d'une femme dominée par la sexualité ! J'émaille, en outre, mon récit de scènes lesbiennes ! Il ne saurait attribuer à un tel ouvrage le caractère d'une étude de mœurs ! Sans doute, il en excuserait certaines dans un récit dont elles ne formeraient que des épisodes, mais, ici, la répétition, la fréquence, l'accumulation des tableaux érotiques, les détails indécents, graveleux, sont destinés visiblement à exciter les plus bas instincts du lecteur ! Un livre pareil ne peut être apprécié que par des obsédés sexuels, des vicieux, des corrompus !

Il est moins brillant jacteur que Lubary mais il fait mouche. Il frappe plus sec. Notre cabane s'écroule. Il demande toutes les rigueurs de la Loi, articles 283, 285, 287, 290, 59 et 60 du Code pénal ! De la prison ferme pour ma pomme, repris de justice, malfaiteur notoire, pornographe en sus ! S'il admet le bénéfice du sursis pour Armand Gourdier, sa compagne et leur employé, en tout cas, pour tous il exige une très forte amende et, bien entendu, la confiscation de l'ouvrage saisi !

Il va obtenir largement satisfaction, le cher homme représentant la Société tout entière offensée par *Les Prisonnières de la chair*. Lubary aura beau reprendre à nouveau mes arguments, les détailler, les développer en style oratoire divertissant, vif, bagatellisant, salonneux, je me retrouve au bout du parcours avec deux mois de cabane supplémentaires et cent sacs d'amende ! Armand s'en tire, lui, pour la taule avec le sursis, mais il devra casquer deux briques au Trésor, autant dire qu'il va se retrouver presque à la rue ! Amen !

La justice est passée, Lubary me chuchote quelques paroles réconfortantes puis il s'envole. M'sieur Armand et ses complices regagnent le fond de la salle. Je me rassois. Deux marcotins, on dit dans le circuit pénitentiaire que ça se fait sur une jambe, faut tout de même se les farcir. Je calcule que ça me fera sauter soixante jours de printemps en 1961. Je n'irai plus au bois. On arrive à s'en branler du printemps, on se fait à bien des choses.

C'est la suspension d'audience, mes cipaux me repassent les cadènes pour me ramener d'où je viens, de la

Souricière. À ce moment, Brigitte, le Greffier, m'attrape par la manche. Il a quelque chose à me dire, n'est-ce pas... il me trouve intéressant, récupérable, en un mot rapide. S'il peut m'aider à me rénover, me recycler plus tard, il s'offre spontanément. Il me chuchote son blase, son téléphone. À ma décarrade du ballon je peux l'appeler en toute simplicité. J'ai pas le temps de lui dire merci. Il repart aussitôt dans ses dossiers.

On sort de la salle. Ils se fendent mes gardiens. Elle a tous les culots Brigitte, merde alors, ils en reviennent pas! Moi non plus, en un sens. Elle m'outrage les mœurs cette salope! Je suis choqué dans ma pudeur.

– Ça peut te faire une bonne situation à ta sortie, si t'as le cœur à ça, me dit le rougeaud. Enfin quand je dis le cœur, tu vois ce que je veux dire...

Il éclate d'un bon rire bien de chez nous. J'aimerais l'accompagner dans sa rigolade, ne serait-ce que par politesse, j'y arrive pas. Pourtant je prends pas la vie au sérieux, moi... c'est à n'y plus rien comprendre!

GLADYS

Scènes de la vie parisienne

C'est la nuit. On ne peut pas bien préciser l'heure. Ça se passe sur le banc d'une avenue... d'un boulevard, peut-être celui des Batignolles. Gladys est sur ce banc. Qui est-ce ? Une sorte de folle, genre Chaillot, avec son maquillage bariolé, ses frusques étranges d'un autre temps ? Oui, mais quel temps... quelle époque ? C'est peut-être une clocharde puisqu'elle a un litre de vin rouge près d'elle sur le banc ?... Allez dire !
Elle n'a plus d'âge, mais ça oscille entre soixante et soixante-dix ans... Elle parle toute seule ou elle s'adresse à des passants qui ne s'arrêtent pas pour si peu.
– J'étais belle, dites donc... j'étais belle, je ne bluffe pas... ça me servirait à quoi de bluffer ?...
Elle rit, elle marmonne et puis elle reprend, et le ton monte. Parmi tous ses oripeaux, on ne sait pourquoi, elle a une ombrelle rose qu'elle brandit de temps en temps, lorsque la colère lui monte contre des ombres, des ennemis imaginaires.
– Gladys, on m'appelait... ça faisait bien, anglais, snob et tout le saint-frusquin ! N'est-ce pas, Gladys, c'était un monsieur très bien qui m'avait conseillé ce nom-là. Marguerite, il trouvait que c'était commun, le cher homme ! Pourtant, il y en a eu des Marguerite dans l'Histoire... Des filles de roi, des reines de Navarre, des Marguerite de Bourgogne... des saintes Alacoque... et même des reines-marguerites dans les prés ! On sait

pas pourquoi, après tout les noms distingués deviennent vulgaires et vice Versailles ? C'est encore une affaire de mode...

Ça la fait rire la mode, Gladys-Marguerite... mollement, mais rire tout de même... comme ça en secouant la tête.

– Enfin, Gladys, ça m'a porté chance dans un premier temps ! Les messieurs très bien, ils ont souvent raison. Comment il s'appelait donc celui-là ? Ça me revient plus ! Incroyable, j'ai vécu dans son lit pendant six mois, peut-être plus, et je me souviens plus de son nom à présent. Tant pis... il doit être mort à l'heure qu'il est ! Il était pas tout jeune non plus puisque c'était déjà un monsieur très bien avant la guerre. Voilà. J'y suis... avant la guerre ! Ce que je sais, c'est qu'il avait des guêtres sur ses bottines, un col à becter de la tarte et la Légion d'honneur et puis aussi toujours sa canne à pommeau d'argent. Même qu'il était royaliste d'opinion. Il lisait... oh, monsieur... vous n'auriez pas une cigarette ?

Un attardé qui s'approche, mais il ne fume pas malheureusement. C'est un jeunot. Il fait signe à Gladys qu'il n'a pas de pipe. Il est plutôt souriant, gentil, mais Gladys, elle n'en a cure...

– Je vais pas vous dire merci tout de même. Je ne remercie que quand on me fait un bouquet... une petite fleur à la rigueur, mais rien c'est rien !... Moi j'ai plus rien. J'ai plus de sourire, mes seins qui tombent, plus rien à offrir ! Remarquez bien, ça m'empêche pas d'être correcte et bien élevée. Je tutoie pas n'importe qui, moi, je sais me tenir. J'ai appris. J'ai même eu pour amant un philosophe... pas un professeur, mais un philosophe tout de même qui avait fait des études de philosophie. À ce qu'il disait ! Je préférais le croire parce qu'il avait des yeux magnifiques et puis une bouche et puis des mains... oh là là ! Ce qu'il pouvait me faire, celui-là, avec ses mains ! Eh bien, il disait : « Gladys, dans la vie y'a des brebis et puis ceux qui les tondent ! Y'a même des bouchers et puis des moutons. Il faut choisir être boucher ou mouton. » C'était sa philosophie... Ça m'étonne, en réfléchissant bien, qu'il ait eu besoin de faire des études jusqu'à vingt-cinq ans pour apprendre ce que le premier venu finit toujours par savoir. Moi, j'ai jamais bien su choisir. J'ai jamais su ce que je voulais... Oh, mais si... je dis n'importe quoi ! Je voulais des robes, moi, des robes du jour et des robes du soir, et puis des chapeaux ! Parce que dans ce temps-là, bande de pignoufs malpropres, on portait des chapeaux quand on avait de la classe ! À présent, personne n'a plus de classe, ce qui fait qu'on ne porte plus de chapeau. On s'en moque des jolis chapeaux d'autrefois ! On se fout de tout et comme ça le monde va tout dégueulasse de traviole et je te pousse... sans chapeau, le cul à l'air, les cheveux sur le nez... Vous avez vu ça dans les rues ? Pas plus de chapeau que de principes. Pas plus de principes que de sourire sur les lèvres d'une gardienne de prison.

Elle répète... gardienne de prison ! deux, trois fois, puis elle regarde la bouteille de rouge près d'elle. Elle finit par la prendre et lui retirer la capsule du goulot

– Tenez, les bouchons... y'a plus de bouchons. C'est doux à entendre le bruit d'une bouteille qu'on débouche quand il y a un long bouchon avec le millésime inscrit dessus... 1937... 1945 ! Un mouton-rothschild par exemple ! Je dis un mouton-rothschild, je pourrais dire un saint-estèphe ou un bourgogne tout aussi bien... un meursault, un chambertin ! Voilà... aujourd'hui mesdames et messieurs, Gladys en est au vin capsulé... le velours de l'estomac !

Elle boit une petite gorgée au goulot, puis elle repose le litre sur le banc et le regarde en faisant la grimace.

– T'as pas honte, toi, d'être coupé ?... d'être si raide et me râper la gorge ?... Faut vraiment que je n'aie plus rien d'autre à boire pour te siffler, espèce de vinasse affreuse ! T'es juste bonne qu'à me soûler la gueule ! Oh ! là là... je sombre... je devrais pas parler comme ça. J'ai plus du tout d'éducation ! Princesse Gladys, ma chère, vous êtes tombée bien au-dessous du trente-sixième dessous ! J'ai dîné, oh là ! écoutez-moi, bande de minables !... avec l'Aga Khan... Parfaitement, le gros, celui qui se faisait offrir son poids de diamants par ses esclaves. J'étais à sa table, à Cannes, juste l'année où des gangsters ont volé les bijoux de sa Bégum, vous vous rappelez peut-être pas, mais ça avait fait du bruit à l'époque ! Du château-margaux on se tapait... Et moi j'étais là, blonde... blonde vénitienne, si vous voyez ce que je veux dire, je gardais ma couleur naturelle. Je raconte ça aujourd'hui à des tas de pouillasseux qui traînent sur les bancs du métro... ils veulent pas me croire. Ils se marrent, les abrutis ! J'allais au Palm Beach, toutes les grandes soirées ! J'avais de l'or, des diamants autour du cou ! Des bijoux de la place Vendôme ! Mouton-rothschild ! L'hiver le mouton doré ! Auteuil Princesse ! Madame est servie ! Le pesage... Deauville en septembre. Pauvres mecs ! Ça, ça les dépasse de toute leur pauvre petite tête ! Habillée, messieurs les alcoolos, chez Jacques Fath et Christian Dior ! Hein ! Et pourquoi je me serais pas offert des robes de chez Christian Dior... des robes new look... hein pourquoi ? J'avais les moyens.

Gladys se lève, elle ouvre son ombrelle et elle se met à mimer un mannequin qui présente un modèle. Elle tourne sur elle-même plusieurs fois et à la fin ça la fait tituber jusqu'à retomber lourdement sur le banc. Elle reste un instant sans rien dire... puis :

– Gladys, ma chérie, c'était écrit tout ça dans le grand livre de l'existence. Tu pouvais pas t'en sortir, ma douce colombe, t'étais marquée par le destin... T'aurais dû rester chez les sœurs de Saint-Joseph de Cluny. Là, t'étais bien... dans le droit chemin... la flotte à boire tous les midis, le Carême toute l'année, ton pucelage préservé. T'aurais fait ton salut, sœur Marguerite. T'aurais prié tous les jours pour tous les clodos qui traînent avec toi... pour les pauvres pécheurs de la chair et les pêcheurs d'Islande aussi pendant que tu y étais... les marins perdus en mer.

Gladys s'arrête... elle réfléchit, elle se prend la tête entre les mains. On dirait qu'elle pleure. Finalement elle relève la tête et elle murmure :

– Ah ! non... c'était trop triste chez les sœurs Saint-Joseph de Cluny ! C'était pas possible ! C'était noir et froid et gris et ça sentait la soupe aigre au réfectoire... ça sentait le cul bénit ! C'est une odeur de renfermé le cul bénit ! Ça prend jamais l'air, ni l'eau, ni la main de l'homme ! Y'avait qu'à la chapelle que je me plaisais bien... y'avait des cierges à la chapelle... plein de fleurs pour le mois de Marie et puis on chantait en latin. J'ai toujours aimé les chapelles, aussi bien quand j'étais à l'orphelinat que plus tard à la Roquette et puis après la prison centrale de Rennes. C'est peut-être à cause de l'orgue et des cantiques. Ça doit être morbide, mais je pense à ma mort quand je suis dans une chapelle, et pourtant je n'aurai pas de *Requiem*, moi, à mon enterrement... même pas de fleurs... personne qui me suivra...

– T'iras à la science, Gladys ! Directos à l'hosto, ma cocotte !

Elle sursaute ! C'est Saïgon qui est arrivé derrière elle, sans crier gare, sans faire de bruit sur ses chaussures de tennis trouées. Il se marre, Saïgon, du pauvre corps de Gladys à la science ! On ne sait même pas sa véritable identité tant il est connu partout sous ce sobriquet qu'il a ramené de ses campagnes coloniales. Il n'a pas tellement d'âge lui non plus avec ses joues mal rasées grisonnantes, ses fringues effilochées, graillonneuses... les poches toujours bourrées de quignons de pain, de vieux journaux, de saletés ramassées dans les poubelles.

– ... À la science, il répète... On te découpera en petits morceaux... le cœur, le foie d'un côté, les reins de l'autre. Le gardien de la morgue, il piquera tes poumons pour son chat.

Il s'installe à côté de Gladys ! Pensez s'il a vu le litron ! Tout de suite, il attaque sans demander l'autorisation, il décapsule. Lui, il n'a pas tellement de comparaisons à se faire avec les pomerols de jadis et naguère ! Il rote un grand coup quand il a bu, comme il dit, à sa soif jamais au-delà ! Gladys elle ne s'y habitue pas à ses incongruités. Elle se rebiffe pour le principe.

— Tu pourrais être correct, Saïgon, devant une dame !

Ça le fait rire de tous ses chicots, l'arsouille. Elle dit tout le temps la même chose, cette conne de Gladys !

— Et je te répète, moi qui ai voyagé, que c'est tout ce qu'il y a de poli chez les musulmans de roter, ma toute belle ! On dirait pas que t'as couché avec l'Aga Khan...

Gladys d'entendre ça, elle proteste. Il dit n'importe quoi, ce Saïgon de malheur !

— J'ai jamais été la maîtresse de l'Aga Khan... je me demande où tu vas pêcher des idées pareilles ? L'Aga Khan, simplement, il était ami avec Siméon, je t'ai déjà dit, mais t'écoutes jamais. Tout ce qui n'est pas la guerre et tes colonies perdues, tu n'y entends rien, mon pauvre Saïgon ! Tu n'as même pas la moindre idée de ce que c'est qu'une soirée de gala pour les Petits Lits Blancs. Les fourrures et les bijoux, tu sais pas ce que c'est ! T'as jamais connu que les bandes de mitrailleuses autour de ton cou et tes médailles militaires en bronze.

— Pardon, madame Gladys... j'ai la croix des T.O.E. avec étoile de vermeil, si tu vois ce que je veux dire.

— Et quoi ? Le vermeil ce n'est jamais que de l'argent doré ! C'est pas le Pérou !

Il allait remettre ça au litre tranquillos, Saïgon... lui faire encore une petite lichette... ce qu'il entend, ce qu'elle profère sa pote !... ça le sort de son calme coutumier, il se lève pour protester.

— Vermeil, c'est à l'ordre du corps d'armée, chère madame. Ça m'a été remis par le général Gambiez... t'as peut-être entendu parler ?

Non, elle a pas entendu parler de celui-là. Les généraux, c'est pas son fort à Gladys !

— J'en ai eu qu'un de général dans mon lit... et encore c'était un colonel et il n'était pas français...

– C'était un Allemand ?

Qu'est-ce qu'il insinue, Saïgon... la question injurieuse.

– Monsieur le héros de mes fesses, vous apprendrez que je ne pouvais pas coucher avec un Allemand, c'était pas possible.

– T'étais trop jeune !

Ça lui semble à Saïgon la seule raison pour laquelle Gladys n'aurait pas été se vautrer dans la couche d'un affreux Teuton.

– Non, monsieur, je n'étais pas trop jeune sous l'Occupation... mais moi, je savais me tenir et je dirais même me retenir. J'ai attendu la Libération pour tomber amoureuse d'un militaire. Mon colonel c'était un Anglais... un lord... quelqu'un qui avait fait ses études à Oxford. Pas un malotru de ton acabit qui rote et qui pète... qui n'a même pas le respect des dames.

– Je pète peut-être, mais je me respecte ! Je vais te dire une bonne chose, Gladys, moi qui te cause, j'ai refusé de faire un Allemand au cinéma, une rôle dans *Le Jour le plus long*, tout ce qu'il y avait de chouette.

– De la figuration...

– Peut-être, mais c'était bien payé et je n'avais plus un maravédis en fouille, ma cocotte. Seulement, moi, mettre un uniforme allemand, autant crever !

Gladys, les élucubrations de Saïgon, elle les a entendues cent fois sur tous les bancs de la capitale, depuis le temps qu'ils errent ensemble, qu'ils se séparent et qu'ils se retrouvent. Ils sont comme un vieux ménage. Ils se racontent tout le temps les mêmes histoires, leurs vérités et leurs mensonges. Saïgon quand il a touché sa pension il est généreux, il devient le grand seigneur du litron. Il dessoûle pas d'une semaine avec tous les copains de rencontre. Il raconte éternellement son maquis des Glières, sa campagne de Corée... les rizières du Tonkin, Diên Biên Phu... le parc aux buffles à Saïgon... ses amours avec les Cambodgiennes.

— Je dis pas, t'as ton honneur mais ça te sert à quoi ? Qui t'aurait vu en Allemand ? Personne ! Tu parles, dans la troupe de figurants ! Tout ce que t'as fait de bien, dans ton existence de purotin, ça t'a servi à quoi, je voudrais bien le savoir ? T'as été courageux pour rien ! Et puis c'est même pas sûr que t'as été courageux, Saïgon. Ce que tu dis, je n'y étais pas là pour le voir. La vérité et ce que tu racontes, ça fait deux... et deux et deux ça fait quatre ou ça fait vingt-deux, ça dépend des fois !

Saïgon n'aime pas qu'on mette en doute ses récits glorieux. Après tout c'est la seule chose qui lui reste. Il a même vendu toutes ses décorations au marché aux Puces à Saint-Ouen un jour de verte dèche. Alors, elle charrie la princesse Gladys. Pour les mensonges, elle en connaît un rayon, la peau de vache !

— Et toi, qu'est-ce qui me prouve que t'as été tout ce que tu me dégoises ? En dehors de la taule, y'a aucune preuve de rien... ni de l'Aga Khan, ni de tes gentlemen, tes grossiums du cinéma, ton rédacteur en chef collabo.

Ça, elle n'aime pas qu'il évoque Laurent Lepriel. Qu'est-ce qu'elle a eu besoin de lui raconter sa liaison avec Lepriel, à ce pauvre type ? Il ne peut pas se mettre à sa place. Il avait tout pour lui, Laurent, le fric, la puissance... il était bel homme et puis de la prestance, de la distinction... c'était pas concevable de lui résister !

— Je pouvais tout de même pas te rejoindre dans ton maquis pouilleux pour le fuir... Eh, bois pas tout... laisse-m'en une goutte ! C'est égoïste les hommes, pas possible !

Elle le retient par la manche, qu'il ne liquide pas le fond de la bouteille. Ce n'est qu'une infâme vinasse... n'empêche, ça requinque avec ce froid qui va leur tomber sur les épaules au petit matin.

— Ils ont bien fait de le flinguer ton rédacteur en chef, c'était un traître. Moi des traîtres, j'en ai fusillé quelques-uns et je regrette rien.

Il a tort de dire ça, Saïgon. Elle n'était déjà plus avec lui au moment de son arrestation, de son procès, sa condamnation, mais elle a passé de sales moments lorsqu'elle a appris qu'on l'avait fusillé, le beau Laurent, à Montrouge un petit matin tout ce qu'il y a de blême... Même que c'est en cette circonstance qu'un poète a écrit : « Il n'y a pas de plus belle aurore que le matin où le traître succombe. » Une phrase dans ce goût-là. C'était pas des choses à écrire pour un poète. Sans doute qu'il manquait de cœur ou d'imagination celui-là. Le pire traître, y'a toujours quelqu'un, une femme le plus souvent, une mère qui reçoit les balles en même temps que lui... et qui n'en finira plus de penser à ce matin où le traître succombe.

Elle en a marre Gladys de Saïgon ! Il pue trop et elle le trouve bête. Comment en est-elle arrivée à se complaire en sa compagnie...

– Moi qui ai fréquenté des artistes, des écrivains, des gens de l'élite... je te jure, de t'entendre, ça me fait mal.

– L'élite ! Il ricane Saïgon ! À la Roquette, c'était ça ton élite !

Non, certes, mais ça ne comptait pas la Roquette, ni la prison centrale de Rennes, tout ça ce n'était que du cauchemar.

– J'y ai vu personne. Quand on veut, on ne voit personne, tu sais pas ça, t'es pas assez intelligent. J'ai vu personne, monsieur Saïgon, parce que j'étais innocente. Une innocente, ça ne veut plus rien voir. Ça souffre, un point c'est tout. Ouais, tu peux rire, va, tu devrais plutôt pleurer, je te jure. Si je suis là, pauvre minable, c'est bien parce que je suis une victime. Victime d'une des plus grandes erreurs judiciaires du siècle. Mon mari, tu sais bien que c'est pas moi qui l'ai tué.

La meilleure ça ! Il sait rien, Saïgon, il écoute les boniments il est pas forcé de les croire...

– Tu me dis ce que tu veux... l'eau coule sous le pont, je pisse dans le violon.

C'est sa formule préférée. Il la sort... tout bout de champ. Sa philosophie depuis qu'il est devenu clodo.

– Que tu soyes innocente ou non, j'en ai rien à foutre ! Je suis pas juge. Je suis pas flic non plus... Seulement quand tu me parles de ton élite, permets-moi tout de même de me marrer.

– Marre-toi tant que tu voudras ! J'ai pas tué Philippe... les experts en balistique se sont tous trompés. Tout le monde était contre moi aux assises de Quimper, tu piges ? Tu peux te mettre ça dans ta petite tête de crosse de fusil. Hein ! Et qu'est-ce que j'avais été foutre à Quimper ? Ça, je me le demande encore ! Me marier... moi, tu te rends compte ! Gladys mariée avec un notaire de province. Ben, je vais t'avouer, Saïgon, si t'es encore capable de comprendre quelque chose : j'avais peur de finir comme j'avais commencé... pauvre ! C'était ma hantise : redevenir pauvre. Quand j'ai vu que le cinéma ça marchait pas, qu'on reconnaissait pas mon talent... eh quoi, tu peux ricaner, tu crois que je te vois pas ricaner dans ta bouche pourrie ! J'avais du talent, monsieur Saïgon, longtemps j'ai gardé des articles de *Cinémonde*, avec ma photo sur toute une page en bikini. « Le talent en plus », que ça disait en grosses lettres. Ouais, en plus de ma plastique... mes seins et mes fesses. Pendant que toi, tu tuais des pauvres Chinois qui ne t'avaient rien fait, moi, j'avais du talent en plus de ma plastique.

– Pas des Chinois... des Viets...

Il veut pas qu'on confonde, le vieux soldat. C'est pas du tout pareil les Viets et les Chinetoques.

– C'est comme si tu confondais un Hollandais avec un Sicilien...

– Tu me coupes tout le temps, comment veux-tu que je t'explique ma vie entière avec tous ses rebondissements... Oh, mais t'as du tabac, dis donc, vieux cachottier. Tu pouvais pas le sortir plus tôt ?

Du tabac, c'est beaucoup dire, il a des mégots dans la poche de sa veste, mêlés avec un bout de pain rassis. Il se confectionne une cigarette avec du papier Job... il décortique soigneux ses clopes sur un bout de journal étalé sur le banc. Elle a jamais pu y arriver, Gladys, à se rouler elle-même ses pipes. Elle s'est arrêtée de jaspiner, elle observe Saïgon avec une sorte d'admiration mêlée d'envie. Le travail fini, il allume son petit chef-d'œuvre et, galant homme, il tend la cigarette à sa compagne. Beau se chamailler tout le temps, ils se partagent en frère et sœur le pinard et le tabac.

– Tire pas trop vite... trois touches chacun et on recommence, tu connais le règlement.

– Qu'est-ce que je te disais ?

– Tu confondais les Viets avec les Siciliens. C'est des erreurs qu'un homme comme moi ne peut pas laisser passer.

– Mais avant ! Avant les Viets...

– Avant, ça n'a pas d'importance... Je crois que tu racontais encore que t'étais vedette de cinéma et que tu n'avais pas tué ton mari puisque t'étais dans *Cinémonde* avec ta plastique.

– ... T'écoutes tout de traviole, Saïgon... tu me désespères à la longue ! Quand j'étais dans *Cinémonde*, c'était en 1947, du temps de Siméon Nicaise, mon producteur de films. S'il avait pas fait faillite, lui... je serais devenue, je sais pas, l'égale de Martine Carol ou de Michèle Morgan. Seulement il a tout perdu Siméon, en un seul film qu'on a même pas pu finir de tourner. Une vie de sainte Thérèse de l'Enfant-Jésus.

– Oh !... ça fait au moins cinq touches que tu tires... Sainte Thérèse de l'Enfant-Jésus, elle a bon dos !

– Par moments, Saïgon, je te trouve mesquin pour un homme qui a eu la médaille militaire de vermeil ! Si j'étais devenue une star, je serais peut-être plus la reine des studios à mon âge, mais je sais une chose, c'est que je serais pas là à te mendier une goulée de ta cigarette de mégots. Siméon, il a peut-être bouffé la grenouille, mais jusqu'au bout, jusqu'à ce qu'il soit obligé à l'exil, on a vécu, t'as pas la moindre petite idée ! Au Négresco, mon petit, avec des larbins en Louis XV en toutes saisons... des bas blancs et la culotte en soie... les chaussures à boucles. T'en as jamais porté, toi, des chaussures à boucles ? Pas besoin que tu me répondes, la façon dont tu me regardes avec tes yeux en capote de fiacre, ça veut dire que tu ne sais même pas ce que c'est. Faudrait que je te refasse toute ton éducation, mais c'est trop tard, Saïgon...

– Tout est trop tard, princesse Gladys !

Ça semble l'évidence pour ces deux êtres sur ce banc, perdus dans la grande ville qui s'endort. Les voitures passent beaucoup moins nombreuses sur le boulevard... quelques nuiteux, quelques traînards... des gens qui cherchent du sexe ou de l'alcool. Bientôt, les prolétaires du petit matin prendront le relais... les derniers de la flemme et du vice croiseront ceux du vrai labeur quotidien, ceux des fins de mois difficiles.

– J'aurais jamais dû aller m'enterrer à Quimper. Là-bas, j'étais suspecte puisque j'étais parisienne et que je n'étais pas de leur milieu. Il avait de la fortune, mon mari, des terres, des maisons, des biens de toutes sortes, c'est pour ça qu'on a dit que c'était moi qui l'avais tué. Tu vois le problème. Innocente, j'aurais hérité... Je serais riche maintenant, je fumerais des cigarettes blondes et je boirais encore du château-margaux, du saint-émilion... Tu sais ce que tu devrais faire, Saïgon, quand tu toucheras ta pension de héros, le mois prochain ? T'achèterais une bouteille de bordeaux et puis on la boirait ensemble. Seulement... faudrait aussi acheter des verres. On ne peut pas boire du saint-estèphe au goulot. Ça, ça serait un crime pire que de tuer un notaire de province.

– Par moments, je crois que t'es un peu dingue, Gladys. Tu me confonds avec tes gentlemen anglais... avec tes Rothschild ! T'as la folie des grandeurs.

– Je l'ai toujours eue, tu me changeras pas... même dans la cloche, moi je reste princesse ! Enfin, on boira ce que tu voudras. Ton velours de l'estomac, puisque tu n'as pas d'envergure. Philippe, lui, avait la gueule fine. C'était un amateur de grands crus... un œnophile ça s'appelle. Il aurait jamais permis que sa femme se désaltérât à la source de bibine infâme. Il avait du savoir-vivre.

– Et toi, tu lui as donné du savoir-mourir !

Avec ça, il se figure avoir de l'esprit Saïgon ! Il se met à rire de sa boutade, il est tout à fait content de lui. Devant cette grossièreté, ce manque de la plus élémentaire éducation, Gladys, elle se drape dans sa dignité. Elle lui tourne le dos à ce malotru.

Elle lui dira plus jamais rien. C'est tout de même un monde, que ce pauvre malheureux, ce soudard, se permette lui aussi d'insinuer qu'elle était coupable.

– Te fâche pas, Gladys ! Tu sais bien, moi, je m'en tamponne que tu l'aies flingué ou non ton bonhomme ! Si tu l'as fait, je vais te dire, t'as pas tout à fait eu tort, parce que, ce mec-là, il m'était pas sympathique. D'après tout ce que tu m'as dit depuis qu'on se connaît, il me débecte même carrément ton notaire. À moins que tu m'aies encore bourré le mou.

Elle voulait plus rien lui dire, mais là, il pousse. Elle se retourne, elle lui rétorque.

– Ça me servirait à quoi de te mentir à toi, hein ? T'es pas de ceux à qui on ment pour le plaisir ou par intérêt. D'abord, t'as même pas suivi le procès dans les journaux.

– Madame Gladys, princesse de mes roubignolles... à ce moment-là, moi, je me faisais tuer pour la France à Diên Biên Phu.

– Tuer ? N'exagérons rien, t'es tout de même encore vivant !

– Si peu !

– T'es vivant, c'est tout ce que je vois... et puis tu trouves même le moyen de te soûler la gueule presque tous les jours !

– Noie pas le poisson ! Tu l'as tué ou tu l'as pas tué ?

– Je l'aurais tué, c'était presque de la légitime défense ! Chaque fois qu'il me faisait l'amour, c'est comme s'il m'avait violée. Je veux pas entrer dans les détails, ça deviendrait dégueulasse, mais t'auras beau penser ce que tu veux, je suis pas une putain. Alors coucher avec un homme qui vous dégoûte, ça fait comme une espèce de viol.

– Tu t'es fait violer pendant cinq ans tous les soirs ! Chapeau, madame, vous aviez du courage !

– Pas tous les soirs… C'était pas un foudre de guerre… penses-tu ! Et puis il avait des sales manies, des trucs qu'il avait appris dans les bordels. Il me respectait pas. À la fin, j'étais à bout, je pouvais plus le voir, plus le sentir, plus l'entendre…

D'évoquer son mari, ça la crispe, Gladys. Elle est tout encolérée. Le débit de sa voix est devenu rapide… elle se bouche les oreilles avec la paume de ses mains. Saïgon la regarde en silence. Elle répète :

– Je pouvais plus !

Elle crie.

– Je pouvais plus ! C'était un salaud !

Saïgon, maintenant, n'a plus envie de rire. Il attend un peu, puis il lui demande doucement.

– T'avais appris à tirer où ça ?

Gladys machinalement répond elle aussi d'une voix faible.

– À la chasse… on allait à la chasse avec les notables du coin… des médecins, des architectes, des commerçants, des magistrats… Mais… ne va pas croire…

– Je sais… ce n'est pas toi qui l'as tué, tu me l'as déjà dit. T'as eu tort dans un sens.

Ils se regardent tous les deux, ils ne savent plus trop quoi ajouter. Saïgon finit par rompre le silence.

– Moi, ce que j'aimais bien comme flingue, c'était la carabine américaine, la petite Remington à quinze balles semi-automatique. Avec ça, tu peux toujours voir venir. T'as de quoi flinguer aussi bien des Viets que les notaires. Eh, princesse, tu rêves ? Qu'est-ce que t'as ? T'as pas des remords au moins ?… Ça ne sert à rien, ma pauvre cocotte. Si fallait que je pleurniche sur tous les ennemis que j'ai descendus, j'aurais de quoi remplir le bassin des Tuileries avec mes larmes. Tuer c'est con, si on ne sait pas pourquoi. Dès qu'on sait, c'est plus pareil. Moi, c'était pour le drapeau, pour la Légion, pour les copains. Ça me faisait suffisamment de quoi. Je regrette pas... dis donc, quand on a été fait aux pattes à Isabelle... toutes nos positions avaient des noms de gonzesses... Béatrice, Huguette, Anne-Marie... moi j'étais à Isabelle, là où on a tenu le plus longtemps... les niakoués ils se sont vengés, les vaches ! Ils nous en ont fait baver tu peux pas savoir ! J'ai eu soif, mais soif de flotte ! Toi qui me connais, qui m'apprécies à ma valeur, tu peux te rendre compte ! De flotte, Gladys. Et j'ai bu l'eau boueuse des marigots pendant ma captivité. Depuis j'arrête plus de perdre mes légumes, si tu vois ce que je veux dire. Dysenterie amibienne de première classe, madame la générale Gladys.

Il se lève, se met au garde-à-vous. Il salue.

– À vos ordres... caporal Arnaud... La chiasse de gloire ! Avec les respects que je vous dois.

Elle ne dit plus rien, Gladys, elle écoute gentiment. Elle est devenue un peu absente. Saïgon se rassoit... se refile une rasade de vinasse pour s'éclaircir le fond du gosier, continuer sa conférence.

– Le 30 avril on avait tout de même fêté Camerone sous le feu de l'ennemi. Tu connais beaucoup de choses, Gladys, t'as de l'instruction, des belles manières de princesse... seulement Camerone, tu peux pas comprendre. *« La vie plutôt que le courage abandonna ces soldats français... »* Ça c'était un drôle de moment qu'on oublie pas. On a souhaité la fête aux Viets avec nos mortiers, après ça... une partie de plaisir... un régal ! Seulement, cocotte, ils étaient trop nombreux, on a succombé. J'avais plus de munitions, j'étais blessé au bras, sinon, ils m'auraient pas eu vivant. Je serais pas ici comme une épave à te raconter des histoires qui n'intéressent plus personne. C'est fini tout ça, Gladys... ma Légion, c'est pareil que ton cinéma. On a peut-être rêvé tous les deux... on est des bouts de rêve qui se traînent... Tu ne dis rien ? J'ai pas raison... on a rêvé, pas vrai ? On rêve même peut-être encore.

Il secoue un peu Gladys pour qu'elle sorte de sa torpeur. Elle ne l'a pas bien écouté, c'est certain... elle rattrape la dernière phrase pour lui répondre.

– Moi, je rêve plus depuis longtemps ! Il ne peut plus rien m'arriver ni de bien, ni de mal. J'aurais pas dû me ranger en province avec ce type-là. C'était mieux de continuer la vie de patachon en allant d'un homme à l'autre. J'en ai eu tout de même des beaux, pas uniquement le philosophe... le colonel anglais il était pas mal non plus. L'allure ! La classe...

– Les Anglais c'est des soldats magnifiques. Ils défilent bien.

– Le mien il défilait pas seulement, je te prie de croire. Mais ça te regarde pas, toi... c'est des choses trop intimes. Si t'as pas de pudeur, moi j'en ai.

– Et pourquoi j'aurais pas de pudeur ? Je pète peut-être mais je baisse pas mon froc. Ça, je le rêve pas... j'ai jamais baissé mon froc devant l'adversaire. Tu me cherches tout le temps Gladys, je pourrais me vexer, t'avoueras que j'ai bon caractère. On n'est pas mariés... on a jamais fricoté ensemble...

– Manquerait plus que ça...

– Peut-être... malgré que je soye plutôt caressant dans le privé en dehors de mes périodes de combat. Ce que j'aimais bien, tu vois, c'était les petites Cambodgiennes. Elles sont douces et puis tendres... elles ont des beaux cheveux qui leur tombent le long du dos quand tu leur défais leur chignon.

– T'en as violé combien, toi, des Cambodgiennes ?

– Oh, va pas croire... j'ai jamais violé une femme. J'en ai payé avec ma solde, mais ça n'empêchait pas les sentiments. Je m'attachais, tu croirais pas ! À chaque fois qu'on remontait en opération, j'avais le cœur gros... un drôle de cafard ! Mais fallait bien repartir, Gladys, où la guerre m'appelait. C'était mon métier. Ça m'est arrivé de penser que je pourrais revenir en France avec une

Cambodgienne, mais moi non plus je pouvais pas faire une fin… j'étais condamné à pourrir sans bonheur.

Gladys, ça la trouble enfin ce que lui dit son camarade d'infortune, elle en est toute remuée.

– Tu crois qu'on va pourrir tout vivants, Saïgon ?

– Ça en prend le chemin, on dirait.

– … T'es pas gai, dis donc, cette nuit… D'habitude, tu me racontes des trucs plus marrants.

– J'ai pas assez picolé pour être vraiment marrant. Le moteur de la rigolade pour qu'il se mette en route, il lui faut plus d'un demi-litre, et du super encore !

Il regarde Gladys en s'efforçant de sourire…

– C'est vrai que tu devais être belle autrefois. Dire que tu ne m'aurais même pas regardé quand t'étais avec ton notaire. Mais tu devais être plus jolie avant…

– Avant quoi ?

– Avant le notaire.

– Parce que j'étais encore plus jeune.

– C'est pas pour ça… Non, ça venait de ce que tu faisais. Femme de notaire tu t'emmerdais, alors fatal, tu devenais moins belle. C'est peut-être même pour ça que tu l'as flingué, beaucoup plus que pour son pognon. C'était pas possible que tu hérites, mignonne. Ça, t'aurais dû t'en gourer. Tu venais d'ailleurs… c'était déjà un miracle que t'aies pu mettre le grappin sur un notaire. Fallait tout de même que tu lui plaises drôlement… que tu lui fasses je sais pas quoi… T'étais fortiche, mais pas assez. Je suis pas si bête, moi, avec ma cervelle de vieux soldat, je sais déduire les choses au pifomètre et puis les aboutissants…

Il n'a pas le temps d'en dire davantage, Saïgon. Derrière eux, voici qu'on les interpelle. Des jeunots à blousons de cuir noir chargés de clous, coiffure rocker, les pompes santiags. Ils ont surgi de la nuit… brusquement ils sont là, sans qu'on puisse savoir d'où ils viennent. Ils sont combien… cinq ou six ? Saïgon n'a pas le temps de les compter. Il a compris tout de suite qu'ils sont l'ennemi… un ennemi plus inattendu que le Viet… plus sauvage peut-être. Il sait pas pourquoi, on va l'attaquer, lui et la pauvre Gladys. Ils n'ont pas un rond et ils ne demandent rien à personne. Mais voilà... il y a toujours un ennemi ! Alors il s'est levé. Il tient pas tellement sur ses cannes, mais il fait tout de même face.

– Qu'est-ce que vous nous voulez les mômes ?

L'ennemi lui répond par des ricanements.

– Ta vieille, elle nous plaît, on va la tringler...

Ça redouble de rigolade à cette évocation graveleuse. Celui qui parle c'est un grand maigre au visage boutonneux, au menton fuyant... le regard glauque.

Saïgon s'avance vers lui. Il a très peur tout à coup, mais il avance tout de même. C'est ce qu'on lui a appris dans sa jeunesse... la seule chose peut-être... avancer malgré la peur qui vous tenaille, qui vous tord les tripes.

– Barrez-vous !... Foutez-nous la paix !

Le boutonneux l'attrape par les revers de sa veste... vlan ! le coup de boule ! Et ça commence la corrida... les autres viennent à la rescousse. On le frappe partout... dans le ventre, sur la tête, sur l'oreille. Il tombe. Il entend Gladys qui crie, qui appelle au secours. Les coups redoublent... de pied maintenant... avec le bout des santiags, les talons. Il se sent la bouche pleine de sang. Il n'est plus qu'un morceau de souffrance sur lequel on s'acharne gratuitement mais avec rage.

Gladys aussi on la maltraite. Elle a bien essayé de s'enfuir, on l'a rattrapée et on la maintient sur le banc. Elle se débat, elle crie, elle essaie de mordre, de griffer.

– Tu vas te taire, charogne !

Forcée... on l'a prise à la gorge et on serre. Ceux qui en ont fini avec Saïgon s'approchent pour profiter de l'aubaine.

– T'as pas de culotte, salope !

L'éclat de rire général. On lui a troussé ses oripeaux, on a relevé tout ça très haut pour voir sa chatte, son ventre blanc, ses pauvres cuisses décharnées. Ils s'en payent les gamins... ça les amuse ce spectacle.

– Alors, Pat, t'y vas ? Tu te dégonfles ou quoi ?

Sans doute que oui qu'il se dégonfle le Pat en question. Elle entend des rires... et puis quelqu'un suggère qu'on pourrait lui enfoncer son litron dans le cul ou bien son ombrelle.

– Arrêtez vos conneries, ça suffit comme ça...

Le chef, ou quelque chose d'approchant, a parlé. Celui qui la tient à la gorge lâche prise. Elle reçoit encore un coup de pied dans les côtes... Oh, ce que ça peut lui faire mal... mais mal ! Elle ne comprend, ne distingue plus très bien ce qui se passe au juste. Il lui semble que ses tortionnaires s'éloignent, qu'ils s'en retournent dans la nuit... que ça leur suffit pour ce soir... ils s'en sont payé suffisamment une bonne tranche.

Et du temps passe... combien ? Gladys ne sait pas ! Le froid la fait revenir à elle peu à peu. Elle souffre de partout... de la gorge, de la tête, du ventre... Elle saigne mais elle ne cherche même pas à savoir d'où elle saigne. Et puis, tout à coup, elle pense à Saïgon. Ça lui donne la force de se redresser. Il est là, le long du trottoir, tout recroquevillé... il ne bouge pas... Elle avance vers lui, pliée en deux, douloureuse, le moindre mouvement lui arrache un cri. Elle se penche.

– Saïgon... Oh... Saïgon ?

Elle lui retourne la tête. On dirait qu'il la regarde les yeux grands ouverts. Mais il ne la voit plus c'est certain. Il ne bouge plus. Elle lui prend la tête à deux mains.

– Saïgon ! Réponds-moi, dis, Saïgon ! Réponds-moi, je t'en supplie ! C'est moi... Gladys ! La princesse Gladys ! Tu peux pas me laisser toute seule, Saïgon !... toute seule !

MANDARINE	5
LA PERQUISITION	29
OUTRAGE AUX MŒURS	57
GLADYS	69

Librio est une collection de livres à 10F réunissant plus de 100 textes d'auteurs classiques et contemporains.
Toutes les œuvres sont en texte intégral.
Tous les genres y sont représentés : roman, nouvelles, théâtre, poésie.

Alphonse Allais
L'affaire Blaireau
A l'œil

Isaac Asimov
La pierre parlante

Richard Bach
Jonathan Livingston le goéland

Honoré de Balzac
Le colonel Chabert

Charles Baudelaire
Les Fleurs du Mal

Beaumarchais
Le barbier de Séville

René Belletto
Le temps mort
- L' homme de main
- La vie rêvée

Pierre Benoit
Le soleil de minuit

Bernardin de Saint-Pierre
Paul et Virginie

André Beucler
Gueule d'amour

Alphonse Boudard
Une bonne affaire
Outrage aux mœurs

Ray Bradbury
Celui qui attend

John Buchan
Les 39 marches

Francis Carco
Rien qu'une femme

Calderón
La vie est un songe

Jacques Cazotte
Le diable amoureux

Muriel Cerf
Amérindiennes

Jean-Pierre Chabrol
Contes à mi-voix
- La soupe de la mamée
- La rencontre de Clotilde

Leslie Charteris
Le Saint entre en scène*

Georges-Olivier Châteaureynaud
Le jardin dans l'île*

Andrée Chedid
Le sixième jour
L'enfant multiple

Arthur C. Clarke
Les neuf milliards de noms de Dieu*

Bernard Clavel
Tiennot
L'homme du Labrador

Jean Cocteau
Orphée

Colette
Le blé en herbe
La fin de Chéri
L'entrave

Corneille
Le Cid

Raymond Cousse
Stratégie pour deux jambons

Pierre Dac
Dico franco-loufoque

Didier Daeninckx
Autres lieux

Alphonse Daudet
Lettres de mon moulin
Sapho

Charles Dickens
Un chant de Noël*

Denis Diderot
Le neveu de Rameau

Philippe Djian
Crocodiles

Fiodor Dostoïevski
L'éternel mari

Arthur Conan Doyle
Sherlock Holmes
- La bande mouchetée
- Le rituel des Musgrave
- La cycliste solitaire
- Une étude en rouge
- Les six Napoléons
- Le chien des Baskerville
- Un scandale en Bohême

Alexandre Dumas
La femme au collier de velours

Claude Farrère
La maison des hommes vivants

Gustave Flaubert
Trois contes

Anatole France
Le livre de mon ami

Théophile Gautier
Le roman de la momie

Genèse (La)

Goethe
Faust

Albrecht Goes
Jusqu'à l'aube*

Nicolas Gogol
Le journal d'un fou

Frédérique Hébrard
Le mois de septembre

Victor Hugo
Le dernier jour d'un condamné

Jean-Charles
La foire aux cancres

Franz Kafka
La métamorphose

Stephen King
Le singe
La ballade de la balle élastique
La ligne verte
(en 6 épisodes)

Madame de La Fayette
La Princesse de Clèves

Jean de La Fontaine
Le lièvre et la tortue
et autres fables

Alphonse de Lamartine
Graziella*

Gaston Leroux
Le fauteuil hanté

Longus
Daphnis et Chloé

Pierre Louÿs
La Femme et le Pantin

Howard P. Lovecraft
Les Autres Dieux

Arthur Machen
Le grand dieu Pan

Stéphane Mallarmé
Poésie

Félicien Marceau
Le voyage de noce de Figaro

Guy de Maupassant
Le Horla
Boule de Suif
Une partie de campagne
La maison Tellier
Une vie

François Mauriac
Un adolescent d'autrefois

Prosper Mérimée
Carmen
Mateo Falcone

Molière
Dom Juan

Alberto Moravia
Le mépris

Alfred de Musset
Les caprices de Marianne

Gérard de Nerval
Aurélia

Ovide
L'art d'aimer

Charles Perrault
Contes de ma mère l'Oye

Platon
Le banquet

Edgar Allan Poe
Double assassinat dans la rue Morgue
Le scarabée d'or

Alexandre Pouchkine
La fille du capitaine
La dame de pique

Abbé Prévost
Manon Lescaut

Ellery Queen
Le char de Phaéton
La course au trésor

Raymond Radiguet
Le diable au corps

Vincent Ravalec
Du pain pour les pauvres

Jean Ray
Harry Dickson
- Le châtiment des Foyle
- Les étoiles de la mort
- Le fauteuil 27
- La terrible nuit du Zoo
- Le temple de fer
- Le lit du diable

Jules Renard
Poil de Carotte
Histoires naturelles

Arthur Rimbaud
Le bateau ivre

Edmond Rostand
Cyrano de Bergerac

Marquis de Sade
Le président mystifié

George Sand
La mare au diable

Erich Segal
Love Story

William Shakespeare
Roméo et Juliette
Hamlet
Othello

Sophocle
Œdipe roi

Stendhal
L'abbesse de Castro

Robert Louis Stevenson
Olalla des Montagnes
Le cas étrange du Dr Jekyll et de M. Hyde

Bram Stoker
L'enterrement des rats

Erich Segal
Love Story

Anton Tchekhov
La dame au petit chien*

Ivan Tourgueniev
Premier amour

Henri Troyat
La neige en deuil
Le geste d'Eve
La pierre, la feuille et les ciseaux
La rouquine

Albert t'Serstevens
L'or du Cristobal
Taïa

Paul Verlaine
Poèmes saturniens
suivi des Fêtes galantes

Jules Verne
Les cinq cents millions de la Bégum
Les forceurs de blocus

Vladimir Volkoff
Nouvelles américaines
- Un homme juste

Voltaire
Candide
Zadig ou la Destinée

Emile Zola
La mort d'Olivier Bécaille
Naïs

Histoire de Sindbad le Marin

* Titres à paraître

Achevé d'imprimer en Europe
à Pössneck (Thuringe, Allemagne)
en septembre 1996
pour le compte de EJL
84, rue de Grenelle 75007 Paris

Dépôt légal septembre 1996

Diffusion France et étranger
Flammarion

F1096